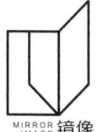

朱燕玲工作室

搭萨

林为攀

著

中信出版集团 | 北京

图书在版编目（CIP）数据

搭萨 / 林为攀著. -- 北京：中信出版社, 2025.
1. -- ISBN 978-7-5217-6984-5
I. I247.7
中国国家版本馆CIP数据核字第2024QG1058号

搭萨

著　　者：林为攀
出版发行：中信出版集团股份有限公司
　　　　　（北京市朝阳区东三环北路27号嘉铭中心　邮编 100020）
承　印　者：河北鹏润印刷有限公司

开　　本：880 mm×1230 mm 1/32　　印　　张：9.25　　字　　数：141 千字
版　　次：2025 年 1 月第 1 版　　　　印　　次：2025 年 1 月第 1 次印刷
书　　号：ISBN 978-7-5217-6984-5
定　　价：58.00 元

版权所有·侵权必究
如有印刷、装订问题，本公司负责调换。
服务热线：400-600-8099
投稿邮箱：author@citicpub.com

目 录

人

1　玲珑七窍心

明明是在用傀儡演戏,实际上演的却是人的感受。文人用文章托物言志,艺人则用傀儡寄意于物,写文章可以泪洒纸上以示激愤,可吊傀儡不能泪洒当场。

69　搭萨

打醮搭菩萨便车,别称"扛菩萨",有求财祈平安之意。后指滋味,生活有滋味是有搭萨,无滋味便是冇搭萨。客家人把结婚、生子、盖房称为人生三大搭萨。

141 **沙漏**

祖母把昼伏夜出当成自己晚年最重要的生存法则。

167 **梵高马戏团**

老莫正把动物从笼里放出来。我站在废墟上看着老莫的背影,跑过去。
我说:"老莫你能不能带我一起走?"

221 **胡不归**

台风顷刻之间加大了。这回它将抹掉地上的屋顶、庄稼、牲畜等一切脆弱的生命,只有躲藏在丘陵褶皱里的蚂蚁、蕨类、苔藓等坚强的生物将幸免于难。

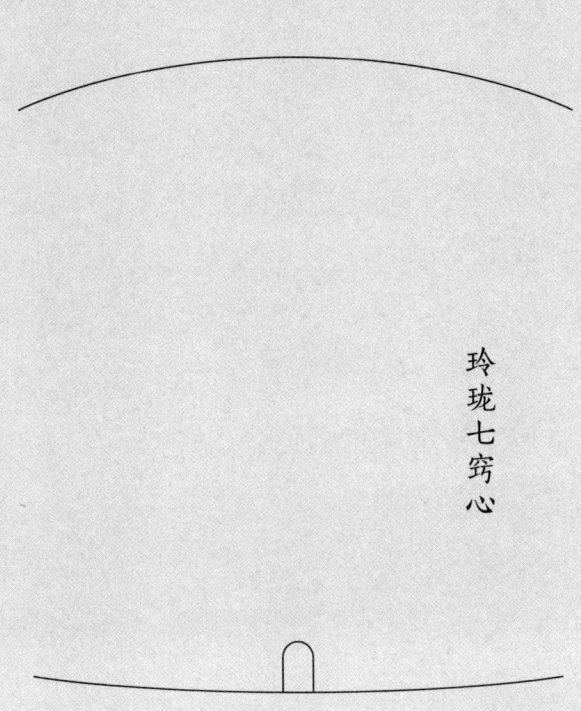

玲珑七窍心

松姑后来很怀念雾岭的杜鹃花。年幼的她在房里待腻了，就推门出去，推门声像竹子断裂。她一下子看尽万山红遍。杜鹃花没有洛阳城的牡丹富贵，也没有平阴的玫瑰浪漫，可她却偏爱这种山花。不管过了多少年，她都记得当年出走雾岭的那天。她用花汁涂艳了自己的脸，正式开始了向儒释道借饭吃的傀儡师生涯。

做傀儡师并没有死规定，它不像中医要求能认出百草，也不像木匠得知道哪种树能用来做栋梁。做傀儡师没有那么复杂，它的关键不在隔着一层肚皮的心里，而在一眼就能瞧出俊丑的脸上。也是天生该她吃这碗饭，她的五官就像一截最适合拿来做木偶的香樟木，几乎不用怎么动刀，就能立在四角台上，或为人偶中的十八罗汉，或为动物偶中的龟、蛇、鸟、兔。可惜，她是一个女人，还是一个娃娃。做傀儡师的，古来皆跟神怪打交道，不会看不起女性，也不敢看不起，即便真的看不起，也不会在脸上露出来。他们的七情六欲、喜怒哀乐只能放在手里操纵的傀儡身上。主要是，傀儡师需要走南闯北，怕女儿身吃不了这种苦，培养半天别到时跟哪个登徒子跑了，班主承受不了这巨大的损失。别看傀儡师常放豪言只跟儒释道借饭吃，但仍要看东家脸色，没有东家请，整班的傀儡师和傀儡都只能跟成仙成圣的孔夫子、释迦牟尼和老子喝西北风去。因战乱，看傀儡戏的人本就少，若再被别人知道傀儡师中还有个女娃，说不定整班都要关门歇业。理是这个理，可眼前这个女娃又实在宝贝得紧，蔚南班的老傀儡师哪里舍得放她走。

老傀儡师姓关，单名一个通字。眼前的这个女娃娃看五官就是吃傀儡师这碗饭的，他则是三界通关的姓名里就注定了该他端这碗饭。但他老了，操纵起傀儡有心无力，眼看三界日益脱离掌控，他急需一个徒弟承继衣钵。他一眼相中了这个出走雾岭四处乞食的女娃娃。他知道班主不愿意收留女流之辈，便让她顶替那个坏了的木偶，随蔚南班水宿山行。整班都没人发现她，她也很懂事，只在夜深后吃几口老傀儡师给她留的剩饭，吃完又站到那些木偶中去，浑身不敢擅动，仅一双眸子在滴溜溜偷转。闲时，蔚南班上到班主、下到掌锣鼓的帮腔，都爱去赌坊赌一把，只有老傀儡师不去。待到整班无人，只剩老傀儡师和一个暂时成为傀儡的女娃娃，老傀儡师就会让她活动活动筋骨，但不敢抹掉她脸上涂的粉彩，还会抽空教她吊傀儡子，即传授傀儡戏。

女娃娃这时才知道，她能留下来不是这个老爷爷看她可怜，有心抬举她半碗饭填饱肚子，而是看中了她的五官。吊傀儡子不在手指是否灵活，也不在力气够不够足，虽然这两点也很重要，更重要的还是五官能不能做出万般变化。照理说，傀儡师不需要自己做表情，毕竟不是戏台上的演员，而且表情自有那些傀儡承担，不过老傀儡师老早就打量着革新傀儡戏了。多年来，他先后革新了向无曲谱、只沿土俗的唱腔，可让句调长短、音的高低随心入腔；还托人写了几折新传本，不再是《败走麦城》《桂英挂帅》等老古董。可仍旧欠点儿火候，原因不是唱腔不动听、新传本不曲折，也不是伴奏的西皮二黄不够活泼和婉转，而是充当演员的木偶表情僵化。看到这个女娃娃，老傀儡师心里咯噔一下，像挂钟里面的齿轮终于咬合了时针、分针和秒针，他放弃再去借鉴戏台上演员失真的表情，准备让她变身傀儡。

三教九流，诸行诸业，都能在年关歇几天肩膀，但傀儡师不行，年关正是最忙的时候。哪怕一年没开张的末流傀儡班，这个时候都能接到几单活儿，更不用说名头比锣鼓还响的蔚南班。傀儡师有专门休息的日子，每年七、八两个月，他们才能补过没过上的节假。

这年七月初七，到了开镰割禾的季节，老傀儡师难得放假，有时间慢慢把傀儡行的"四字口诀"授给她，并让她往后在台上一一温习。

老傀儡师郑重对她说，松姑，你到底想不想跟我吊傀儡子？

想。

以后会很辛苦，怕不怕？

不怕。

那我现在就把本行的四种表情教给你，正式收你为徒。

好。

第一种：吞。

吞

雾岭，岭陡云低，走在路上，常会撞见云，入到家门，地上一片水。进门的是松姑的父母，他们把云里的水带进了家门，跟抱着碗舔碗底的松姑说，又像在跟彼此说：再由她这样吃下去，我们这座山岭迟早会被她吃空。松姑放下碗，用手捏起嘴角的饭粒，抹进嘴里，没看她吞咽，就说起了话："饿死了，还有吃的没？"

松姑的饭量很大，家里本就困难，每顿还要多做几碗饭，这几碗饭在她肚子里也撑不到吃晚饭的时候，几乎刚吃完中饭，在地里卖汗水的父母都还没感觉到饿，松姑就又想吃饭了。她小小年纪，也知道不在饭点的饥饿就像突然上门的客人，一时拿不出好东西招待对方。不过她总有办法跟门外的雾岭打牙祭，她的食禄不在家里逢年过节买的几两肥肉上，而是在这座终年弥漫着雾水的岭上。只要眼睛够好使，她就能看到挂在松柏之间的各色野果；只要腿脚够有劲，她就能逮到被困在陷阱里的小兽。可是时间一久，即便这座山岭仍有浓雾伪装，一听到小松姑的口哨声，整座山岭就会头皮发麻：跑不脱的野果会祈求落一阵急雨，好让它们能从枝头坠下来，躲到厚厚的松针底下；跑得脱的小兽只希望她手里没有弹弓或者鸟铳，否则它们就要全部进到她的肚子里。小松姑占不到雾岭的便宜，便拿出了父母春天播种、秋天收获的耐心，躲在一棵腐朽的松木旁，等待雨后斑斓的蘑菇像酒席上被端出来的七荤三素的十大碗。可是蘑菇也不想被她吃，它们宁愿错过这一季，也不想在刚冒头的时候就被她连根拔起。小松姑的肚子就像一个无底洞，存不下能转化成营养、供她快快长大的饭菜。假如她吃完饭乖乖在家里待着，说不定肚子还能多扛一会儿，可她偏偏撂下饭碗走进了雾岭深处，因此她比平时更早饿了。

父母在雾岭下干活，这几亩梯田就像雾岭吃饱喝足松开的腰带，松姑没出生前，勉强还能养活两口之家，在松姑出世后，就显然喂不饱多出来的一张嘴了。再说，松姑还比其他小孩饭量大。愁，愁的不只这座雾岭，她的父母更愁，每天出门干活眉头都像挂了一副无菜可夹的筷子，每天干完活儿回家眉间愁仍未卸下。饭还没做好，就看到松姑抱着碗准备上了，愁便加上了长吁短叹，又不想被她听见，只好不停说话，可是说出的每一句仍然加了愁，就像做的每一顿饭都少不了盐一样。小孩子饭量大，不是调皮就是有病，可是松姑并不调皮，只要她肚子里有食，就会帮父母干活，几乎把家里能干的活儿都给干了，也是现在手脚脆，下不了地，不然她估计还会帮忙犁田或者脱粒。每次留在家里喂鸡，她就会看着那只三黄母鸡流口水，还会看看草垛里有没有鸡蛋，有时摸到了几颗鸡蛋，刚想下锅全煎了，想起在地里流汗的父母，又不舍得了，强行把口水咽回去。她也没病，除了老是喊饿，没见有别的症状，吃了这么多饭，还是瘦，如果真是有病，也是吃病，或者富贵病。这种病在大富人家，好医，也能医，但在穷人家，就比绝症还棘手。

松姑吃东西不是吃，而是吞，但她的口却不大，反而还有点儿小，不认识的人看到她，就会误以为她撒把米就能养活。她的吃相，或者说吞相并不难看，不像别的饿死鬼吃起来不顾形象。她吃饭时不出声，还会细嚼慢咽，这本来跟吞毫无关系，但因嚼的时间久了，咽的东西多了，细嚼慢咽也变成了狼吞虎咽。没东西吃的时候，她还会不停吞口水，口水吞干了，又站在门口吞空气。父母只要看到她在吞空气，就会怪她吞掉了雾岭的太阳，让雾岭每天都湿漉漉。太阳很大，假如真能吃下肚，或许松姑一整年都可以不吃米饭。她吞空气吞累了，就会活动腮帮子，鹄立岭上，可是太阳在浓雾中就像火候不够没煎熟的鸡蛋，她看清它都费劲，更不用说把它摘下来一口吃了。脚下的松针在动，仿佛她踩住了雾岭所有生灵共同的被子。她松开脚，白高兴一场，脚下不是能吃的蝉和鸟，而是从松树枝头小心翼翼掉落的松果。她捡起一颗松果，松果表面皱皱巴巴，丑陋的表皮里面却不是清甜可口的板栗。松果长得跟毛栗子很像，可也只是外表像，内心差别很大，对，就像一把钝刀和一块嫩豆腐的区别。

她把松果往低处抛，惊动了蛰伏在雾岭四处的飞禽走兽。飞禽在潮湿的天空扇累了翅膀，走兽在无路可走的岭上撞破了脑袋。松姑看到天空与大地都在响亮地拍肚皮，就像是在收拾饭桌准备吃饭了。过了一会儿，飞禽就消失在了可以揉出一江水的天空，荆棘丛生的岭上也没了那些走兽的踪影。锅底灰的天空已经把饭桌清洁干净了，可还是有一朵纯白的羽毛像朵白云一般成了阴天里的不速之客。松姑饿了，她又饿了，她已经很努力了，可是饿意今天只比昨天和前天迟了不到一刻钟。她饿着肚子走下雾岭，不用她张口，树梢的雾水就会自动滴到她嘴里，可是雾水跟空气一样，对饥饿的肚子没有任何帮助。她只好闭上嘴巴,任由雾水在嘴边凝成珠,然后她像在荷叶上打滑一样跌倒在层林尽染里。天空是锅底灰,可是雾岭在浓雾之下却百花盛开。不管是红色的杜鹃花、紫色的通泉草,还是白色的莲子草,松姑都一一用嘴尝过。酸,涩,苦,她的空肚子登时就像打翻了一个调料罐。她摇摇头、耸耸肩,慌忙啐掉,舔叶上的露水漱口。此后再怎么饿,也不敢再吃任何野花野草了。

父母还在岭间劳作,用火烧出的一寸荒,用刀砍出的一片地,把种子撒下去,不求能有好收成,只求一百棵稻子里有一半能抽穗,抽穗的里面再有一半能结粒,就满足了。跟地抢食,也是在跟天夺食,地薄、天恶,太阳老不出来,难有好收成。松姑赶回去做饭,担心饭还没熟生米就全进了自己肚子,哪怕尽力在忍了,饭香也会像捕兽夹子,让她犯下一人吃饱饿到全家的过错。父母又每次都晚归,她既要保证不偷吃,又要保证不让饭菜凉,只得再生火温饭。夜空没有星光,只有火灶里饥饿的蓝色火苗在舔锅底。

父母回家后,不先忙着吃饭,他们要先掸掉身上带回来的落叶,还要脱下鞋子放在门边,因为鞋底的春泥很厚,会把客厅和厨房的地面踩出许多收拾不了的鞋印。

第二天，等鞋底的春泥稍微干了一点儿，他们才会用一根树枝把泥揩掉，就像在切一块肥肉中没有多少的瘦肉。那时还在点洋油灯，光亮不足，几乎照不亮桌上的饭菜和挨在一起吃饭的三颗脑袋。有时松姑的筷子误夹到父亲或母亲的碗里，有时米饭吃完了，桌上的菜却没夹几筷子。不过也好，只要剩菜能扛过一宿不馊，第二天还可以拿来吃。夜晚吃饭难，洗碗筷也难，松姑负责洗碗。屋檐下有口大缸，破了个口子，所以这口大缸装的水并没有看上去那么多，缸口上还盖了一片枯荷叶。这片荷叶刚摘下来的时候还很新鲜，松姑带它回家的时候把它盖在头上，天上没落雨，荷叶上的露珠却争先恐后地落下来。松姑顶着雨帘回家，把荷叶盖到大缸上，忙躲进厨房烤火去了。出来一看，身上的衣服干了，缸上的荷叶也没那么水灵了。她算是看出来了，美好的东西总是短命。她揭开枯荷，舀水洗碗，天黑看不清碗底有没有吃干净，好在她的小手能摸出来碗里还有没有饭粒。她倒一点儿水在碗里，然后用手在碗底捞，就像在淤泥里捞泥鳅一样，终于被她捞到了一粒米饭，二话不说就往嘴里送。大缸有些裂，夜里看不清，白天才能看到缸身上那道像闪电一样的裂纹，松姑有时想着它快点儿破，好让她悬着的心落下来；有时又不愿意它破，害怕缸里的水会漫到屋子里。

松姑正在长身体，吃不饱，时时刻刻感觉饿，但她却觉得不是食物不够，而是自己吃得太多了。她不该长一张嘴，没长嘴的植物就不会肚子饿，她觉得自己应该是一棵植物，却不知道植物也要喝水和照太阳，才能长得这么翠。她每多吃一粒米，父母的眉头就紧一层，俾使后来，因怕父母的脸会像那口大缸，顷刻间天崩地裂，松姑不敢再多吃饭。那时她的嘴巴更多的不是用来说话，她跟父母每天低头不见抬头见，不像外出的游子回来后，有数不清的话想说，她每天跟他们说的话屈指可数，她的嘴都拿来吃东西了。说话是往外蹦，吃东西是往里塞，而她的嘴每天是有进无出。

吃了这么多东西，松姑却长不大，她心里的负担太重了，致使吃下的每一碗饭只能保证她不生病，而不能保证她长身体。她的身体很薄，贴在门上能当年画，揭下来又会被一阵风吹到天上去。她走路，哪怕在家里走路，有时手里都要揣一根棍子。她似乎提前衰老了。她的嘴比腿脚灵便，也比那时爱幻想的脑子好使，她因吃不够走不动路，也因吃不饱脑子硬，可嘴巴却像根橡皮筋，可以做出任何形状，没有食物时像关起来的一扇门，有吃的时，又像一个敞开的狗洞。

老傀儡师后来说，"吞"这个字是天的口，她也觉得自己吞下了整个天空，还包括整个大地，可她小小的肚子却始终无法顶天立地。

松姑每天留守在家，即便雾岭的田地离家并不远，可是只要父母外出干活，她就觉得屋子很空，跟她的肚子一样空。她学会了跟蚂蚁、跟蜘蛛、跟蚊子玩耍，她把它们抓到手里，看蚂蚁越过她的掌上山丘，看蜘蛛攀过她的掌纹，掌纹跟墙角悬挂的簸箕状蛛网一模一样，掌纹里是她走不完的山川湖海，蛛网里困住的是春风秋霜。蚊子在咬她，可她感觉不出痛痒，肚饿血稀肉柴，蚊子怕折断嘴，蹬腿剪翼飞走了。

她来到那口大缸前，覆盖的荷叶完全萎了，颜色也从墨绿色变成了猪肝色，上面血脉一样的纹路也被风干了。她把荷叶摘下，看到缸底生了青苔，但是里面没有荇藻游鱼。她曾在春天往里面放蛙卵，也曾在夏天期盼孵出青蛙，可是这口肚量狭小的水缸没办法育出蛙声一片。蛙生活在可以倒映整个天空的田野里，来到这口水缸会水土不服。不过大缸还是能咬下一口天空，这小小的一口对整个天空来说不值一提，对大缸本身和松姑本人却至关重要，因为大缸有了这口天空，它才能变得大肚能容，松姑也就有了亲手触摸天空的机会。她把手放进缸里，首先感受到的不是水的清凉，而是天空的炽热，抬头一看，天上难得出太阳了。太阳躲在云里，水缸里也有一个躲在云里的太阳。这口缸看似不大，却能把天上的太阳一口吞下去，它比松姑看上去的要大得多得多。大缸能似小实大，可是她的肚子却是实打实地饿，一丁点儿都作不了假，她无法用食物之外的水和空气来让肚子有饱意。世间所有事情都能以不同角度得出远近高低各不同的结论，唯独饿肚子骗不了人，不论从哪个角度来说。饿了肚子，先是握锄头的手没有力气，走路的脚也有气无力，接着是脑子不好用，容易忘事，或者记忆出现偏差，把别人走的狗屎运安在自己头上，或把自己出的糗推给别人。现在，松姑就在饥饿中做起了白日梦，她幻想着自己一出生就含着一枚金汤匙，每顿饭想吃什么就有什么，而非有什么只能吃什么。她还确信她从没干过一天活儿，家里的仆人每天都在她睁眼前就把偌大的家收拾干净了。她从不认识厨房，甚至不知道没有水与火就做不成饭。她吃的珍馐全是现成的，好像它们生来就是熟的，合该被她吃一样。

到最后，松姑在虚幻的丰衣足食中把现实里面黄肌瘦的脑袋伸进了大缸。好在缸中水已经见底了——她今天忘了把水打满，不然能淹没她的鼻子嘴巴耳朵的水准会让她立马清醒过来，她也就不会把脑袋越伸越低，导致整个人都掉进了缸里。大缸所占的地面只有这么大，不像它的肚子能容纳全部日月星辰，远没有松姑脚下的地面大。可是她有了这么广的容身之地，还不知足，非要跟这口大缸抢地盘，所以这口大缸就一口把她吞了下去，连骨头渣都不吐。

松姑掉进了大缸里，像一只爬不脱的"恐怪"，这是螃蟹的诨名。它的背壳上画了张鬼脸，没煮熟变红之前老举着一对剪刀，喜欢横着走，水里的沙与鱼都拿它没办法，人们涉水洗脚的时候会提着心，就怕它突然从石缝里闯出来夹人。松姑恐它，就像在恐一个可怕的怪兽。只有把它逮到大缸里，看它在缸底绕圈，再也嚣张不起来的时候，松姑才会不再怕它。等它从锅里端出来，浑身通红时，松姑的口水早就流了几遍了，有时会把鬼脸壳掰开，用筷子剜蟹肉吃，有时干脆连壳一起嚼。她想不到自己有一天也会掉进缸里，她其实比缸长得高，只要站起来，就能知道缸只在她的脖子那儿，她有一个脑袋的高度可以看到缸外的世界，翻出来也很容易。可是因为倒着，脑袋在缸底，腿反而架在缸沿儿，她就觉得自己掉进了一个深不见底的陷阱里。她用躺姿仰望天空，但跟平时站着时看到的天空没多大不同，大缸像一个温暖的怀抱，将她抱在了怀里，又像她正在被吞进天空里。拥抱对她是奢侈的，从她记事以来，父母就没抱过她，从来没有一双大手将她高举，安慰她因年少而经常感到害怕的心。现在她被一口大缸抱在了怀里，身体没有任何暖意，却不影响她的内心有股暖流流过。她甚至在缸里睡着了，整个雾岭都小声了，不管是倦鸟归巢的动静，还是蘑菇破土的声响。

　　不知过了多久，松姑醒了，她一睁眼就看到了大缸之外的世界。这个世界正对着大门，大门也半开着，雾岭缭绕的云雾一目了然。她能看到大缸外面的门和门外的云雾，不是因为她已经从缸中爬出来了，她仍在里面，连屁股都没挪一下，而是因为大缸身上的那个裂缝变大了，刚好能让她看到外面的一切。假如她的眼睛再靠近一点儿，就会发现大缸的裂缝里长了眼睛。松姑用大缸的裂缝偷窥一只偷懒的鸟，就像在偷听父母关于生计维艰的一场碎碎念。她还看到那只母鸡在大缸外面捉虫子，鸡看到大缸身上好像有东西在动，忙抬起喙叨过去。好险，好在松姑躲得快，不然她的眼珠子指定也会像虫子那样被它叨下肚。松姑像在床上醒来时蹬掉了被子，大缸也像被子被她蹬出了一个口子。现在这个口子越来越大，松姑想起来也不敢了，怕自己稍微一动，大缸就会破给她看。可是她没有动，大缸却先破了，那个裂缝变得更豁了，外面很快就能看到松姑的整张脸了，接着大缸就像蛋壳一样全碎了，而松姑也像只难产的雏鸡终于孵了出来。

松姑看着一地碎片，知道自己再躺着实在不像话，于是从地上爬起来。缸底的积水没有漫延到屋子里，甚至连地面都没有弄湿，当水还在缸里的时候，看着放出来会大水漫灌，其实不过是她的胡思乱想。就像锅里的饭看着吃不完，但真要动起筷子，则连她的肚子都喂不饱。大缸的碎片可以丢掉，但丢不掉的是父母对于这口大缸的印象。这口大缸每天都装满水，这些水能让全家人吃上饭和洗上澡，可是它现在破了，等于让全家人每天吃的饭无水淘米，等于让全家人每天无水洗澡。松姑无法交代好好的一口缸究竟去哪儿了。她不能说是被自己大吃四方的嘴给吞了,父母不是小孩子,不会相信她的胡说八道;她也不敢承认大缸破了,父母头一个就会怀疑她。左思右想,她都没办法把自己择干净,情急之下甚至想当场下岭去买一口新缸。当初父亲就是去岭下买了这口缸,他像挑西瓜一样敲打卖缸人面前的那几十口缸,好不容易相中了一口声音没那么清脆,而是有点儿沉闷的大缸后,又因为价格问题跟卖缸人扯了半天皮。挑缸跟挑西瓜一样也不一样,一样是都要用手试音,不一样是大缸以声音沉闷为佳,而西瓜刚好相反。说破了嘴皮子,父亲终于以低价买到了这口大缸,大缸上下窄,中间阔,他用一根棒子横在缸里,准备肩挑回家。可是他有力气扛动缸,却没有眼睛看清路,大缸盖住了他的脑袋和胳膊,他突然变得无路可走。还是松姑在前面用小手牵着,父亲才把大缸扛回家。现在这口曾让父亲"无路可走"和让全家人有水可用的大缸破了,还是松姑在家的时候当着她的面破的,不管怎么说,一顿胖揍肯定免不了。

松姑想起了离家出走,并不是真的怕挨揍,而是觉得少了自己这张贪得无厌的嘴,父母就能吃饱饭,等将来日子好起来了,他们或许还来得及再要一胎。她认为至少到目前为止，粮食大于她，她必须把自己的位置让给粮食。天还没黑，她要离家也不赶时间，这不是去赶圩，晚了就什么也买不到，只要没有别人知道，随时随地可以出走。她想在走之前把晚饭给做了，可是大缸破了，没有水洗菜和淘米，只好干一些不费水的活儿，比如扫地和叠被。做完这些，她真得走了，否则父母回来她想走也走不了了。她关好门，听着深岭鹧鸪啼，远远看到父母还在地里忙，眼睛红了红，又看了一眼天边的橘黄色晚霞，头也不回地走下雾岭。

岭下热闹，她却感到寂寞，这么多来往的人，她一个都不认识，只有街上那个卖缸人她见过半面。当时年纪小，个子矮，她跟在父亲身后，只能看清他的半张脸，另外半张不知是被光掩住了，还是被云遮住了。他不认识她，她不敢过去跟他说话。她看到几十口大缸里都盛了相同的一轮落日，吹来的风好像在给落日翻面。她挤过无数条匆匆忙忙的腿，在一户人家门口迷路了。这里有两只石狮子，她没法爬上去，也不知该如何过第一个离家出走的寒夜。这时，从门里出来一个吊傀儡子的戏班，她跟了过去。

老傀儡师关通教她做的第二种表情是：泪。

泪

"吞"是松姑离家前的现状，也是她离家的原因，"泪"则是她离家后的真实写照。每次老傀儡师让她跟那些傀儡站在一起，松姑才明白，除了父母，没有人会真正接纳她；或者说接纳她也需要讲究机缘，现在机缘还没到，老傀儡师还不能直接让她出来面对众生，只能让她先跟那些傀儡待在一起，等机缘到了再说。离开了家，她感觉自己的饭量小了，因为不是自己家的饭，她不敢可着劲儿吃。同样因为离开了家，她看到了很多不同的面孔和话语。话本来是用耳朵听的，因为松姑听不懂，所以只能看他们的嘴。她不知道还要跟这些傀儡待多久，每天她都在傀儡群里吃饭和睡觉，好在傀儡很结实，可以像一堵墙壁一样让她靠，好在傀儡不吃饭，她不用担心饭碗被人抢走。没傀儡戏演的时候，一切都好说，她躲在傀儡群里没有人会发现，但有傀儡戏演的时候，她就不好受了，因为她上不了台，一群傀儡在台下别人不会说什么，但要是只有一个傀儡在台下，就会马上变得比四方台上那群傀儡还惹眼。好几次她都差点儿绷不住露馅儿，帮她解围的还是老傀儡师："别动，这个傀儡坏了。"她就这样一直作为一个坏的傀儡跟着戏班走南闯北。老傀儡师不知道她还能坚持多久，好几次当着她的面劝说班主让他收个徒弟，可是班主却说戏班没多余的钱养闲人。收徒，是长远考虑，短期的确看不到任何收益，还会白白浪费水米。每个行业都喜欢熟手，不喜欢生手，却不知每个熟手都是由生手来的。"不想前期施肥，就想拔大萝卜，做梦。"老傀儡师的不满连伪装成傀儡的松姑都听得到。看到松姑忍不住想笑，老傀儡师就会作势拉下脸凶她，可是看到她抹了粉彩的脸惹人怜，又不舍得骂她了。下一顿饭，松姑就会看到自己碗里的肉变多了，那是老傀儡师把自己的菜匀到了她碗里。他总捶着腰骨说自己老了，老了就吃不了多少饭了，老了就要收徒了。松姑听不懂，仍只看到他的嘴在动。四方台上的傀儡戏她也看不懂，不过却很惊奇这些傀儡跟她站在一起的时候一动不动，只要上了台，准比鲇鱼还好动。那时的她不知道这些傀儡都是木头做的，如果早知道它们是木头，在老傀儡师收她之前也就不会每天都被吓够呛了。可以说，她跟木头很熟，雾岭什么样的木头都有，不管是擎天的大树，还是被雷电劈倒的朽木，她都很熟悉。她爬不上擎天大树，但也知道上面有很多鸟窝；她钻不进倒地的朽木里，但也知道里面有很多白蚁。大树倒地的地方会枯一片，但来年春天这里又会是整个雾岭最繁花似锦的地方。明明是树木，非得画鬼脸吓唬人，这是松姑对傀儡的初始印象，那时她还不知道四方台上的傀儡戏代表着什么，尚需时日，她才能咀嚼出这些傀儡所代表的敬畏与信仰。

傀儡有很多情绪，唯独不会流泪，相应的吊傀儡子的傀儡师也很难把眼泪加在傀儡身上。除了松姑待的高腔蔚南班，还有乱弹班，两者是竞争关系，就跟地里的稻子和稗子一样。高腔班老傀儡师在正前台负责提线，还有一人掌锣鼓兼帮腔，也有其他人提线和帮腔，但都没有老傀儡师和他的老搭档好使。他的老搭档跟他一样老，上台多了，敲锣鼓的力道和帮腔的音量就会弱很多，因此他跟老傀儡师一样急于收徒。班主也知道不能再指望这对老头儿支撑，这样下去生意迟早会被乱弹班抢光。乱弹班采用的是闽西汉剧的皮黄腔，再加上管弦乐伴奏，比高腔班更热闹，唱本也更多。老傀儡师待的蔚南班，有他在，还不至于被乱弹班比下去，但要是他哪一天死了，可就说不定了。

松姑想象不到这些事，每次老傀儡师在四方台上吊傀儡子的时候，她都觉得他台上台下不一样。台下他跟别的老头儿没区别，嗜睡，不知道的以为他靠着墙壁睡过去了，但松姑知道，他还活着，还有呼吸；上了台，老傀儡师就不一样了，他好像成了手里提线的关羽、张飞和秦叔宝，在四方台上单刀赴会，在四方台上喝退百万曹军，在四方台上和程咬金打得不可开交。帮腔也在这时锣鼓喧天，或者腔高贯顶。他没有穿戏服，可他就是穿了戏服的英雄豪杰。这些傀儡在他手下，个个听话，人人争先。老傀儡师手中的提线，就是鱼竿，从宽阔且延绵的历史长河里，挨个儿打捞出了在乱世依旧能鼓舞人心的古人。演罢，老傀儡师浑身湿透，帮腔也声嘶力竭，观众无不提袖抹泪，听到天边雷声轰隆，误以为战事祸及自身，忙作鸟兽散。那是一个奋起抗争的时代，那是一个新旧交替的年代，那是一个战争堪比家常便饭的年代，许多像松姑家一样的家庭都在变革中星散，又因有共同的信仰而终将重聚在一起。台上没有眼泪，台下眼泪却成河，好在还有傀儡戏，能让他们暂时忘却战争带来的创伤，暂时忘却朝不保夕的惶恐。乱世不相信眼泪，乱世只相信生存法则，老傀儡师对此比谁都看得透，哪怕演出当中门外就在打仗，他也能坚持把傀儡戏给演完，哪怕内心比谁都慌，也不会把慌带给手上的木偶，因为这样一来，会变相说明世道浇漓，连带着历史也一起破败了。

松姑成长的雾岭没有战争，不过仍然刨食难，雾岭是个没有人争抢的破地方，只有锦绣的山河才值得大人们动刀动枪。因此她没有经历过战争，还是成了蔚南班半个不在册上的成员后，方知隔三岔五响起的枪炮声不是在打雷。枪炮声掩盖了雷声，从来天上的战争比不过地上的战争。但见多了，松姑也就习惯了，还诧异别人怎么一听到响就哆嗦。她在雾岭没有受教育的机会，她的教育是后来在这些傀儡身上完成的。老傀儡师是她吊傀儡子的师傅，更是教她识文断字的老师。

不离家不知家好，不挨饿不知米贵，离家久了，松姑很想家。她不怕在蔚南班受到的长久忽视，也不怕老鼠咬那些傀儡的时候捎带连她一起咬，更不怕站着睡觉时总是会把脑袋挨到地上。她怕的是想家的苦，这种苦的成分一时不好说清，后来她才知道，原来这就是乡愁。想家的苦惹人泪，她几次在傀儡堆里流眼泪，但她不敢哭出声，任由眼泪滑过脸庞，不怕被人发现，因为老傀儡师会说是回南天让傀儡变湿了。班主让人把傀儡搬到太阳底下晒，但那个坏了的傀儡仍然在流泪。这时，老傀儡师就有点儿着急了，他过去偷偷跟她说："别哭了，再哭就竹笼抬猪，真露蹄了。"可是老傀儡师的话不管用，松姑被太阳一晒，哭得更狠了，她想到父母顶着烈日干活仍每天吃不饱饭。老傀儡师不知道她在想家，以为她跟许多家破人亡沦为叫花子的小孩一样，想不到其实她还有家。看她还在哭，倒也不急了，而是仔细观察她的眉眼，眉眼下还有颗泪痣，她的泪水清澈，也许是因为脸上抹了粉彩的缘故，滴到泪痣上时竟成了彩泪，好像滋养了一朵转瞬即逝的昙花。这是一种无声胜有声的眼泪，是四方台上缺少的一种柔情。假如在阳刚的台上能让傀儡也落下这种泪，说不定他不用再费尽脑筋革新傀儡戏，只消用一串眼泪就能让蔚南班起死回生。可是傀儡戏终究不是其他戏种，演戏的不是男扮女装的男人就是女扮男装的女人，傀儡戏是一些穿了戏服的木头，无法像变戏法一样让它们真的流泪，表示情绪也只能借助锣鼓或者帮腔。

让傀儡流泪，是老傀儡师最后的办法，他想让这个女娃真就装成傀儡上台，到时不仅控制她不用再费力提线，而且还能做出比真正的傀儡更灵活的表情。假如要演男人戏，就让她剪了头发扮成男傀儡，如果要演女人戏，就让她蓄回长发。况且，她还能慢慢长大，也比永远不会再长的傀儡好使，不至于让观众看腻。他有把握说服这个女娃，但没信心说服守旧的班主。他找到班主，后者正为生意少烦心，很多老顾客都被乱弹班抢走了。即便生逢乱世，许多人仍然喜欢尝鲜，有钱人家喜欢拿刀叉吃西餐，各路军阀喜欢飞机大炮，思想家喜欢洋为中用。班主看着老傀儡师来找自己，以为是想涨工钱，脸色就不好看了。老傀儡师知道他是铁公鸡，但这只铁公鸡也不是一无是处，不然他也不会跟他这么久。他除了抠，其他不花钱的事都能无条件支持老傀儡师。老傀儡师知道怎么对付一只铁公鸡，比如要涨钱的时候不能一步到位，而是每次加一点儿，这样对方就会觉得自己没吃亏。同理，让他接受自己的提议，也不能直接说找个女娃当成傀儡上台，这样会吓到他。要一点一点地把目前的形势跟他挑明。目前的形势是什么，没有人比班主更清楚，因为他每天手里都会拿一张报纸，对哪里打仗了、哪里又饿死人了，比谁都门儿清。不过这是关于时局的形势，有点儿大，老傀儡师想让他知道的是关于蔚南班的严峻形势。班主知道天下大势，可不知道蔚南班的大势，即便生意不好了，也不会在自己的戏班找原因，只会说是战争影响了生意。老傀儡师必须让他明白，生意不好跟战争没关系，起码关系没这么大，不然为什么乱弹班的生意反而比战前更好了。蔚南班生意不好的原因只有一个，那就是不新鲜了。班主听到这话，惊住了，就像几十年前皇帝被拉下马的时候，也像更早些年科举被取消的时候，这么多年来，他习惯了一天一变的天下大事。天下的事他管不了，也没能力管，但自己的戏班他却能保证不变色，老祖宗演什么傀儡，他就演什么傀儡，要变也只是小修小补，而不是连根都给拔了。老傀儡师说它不新鲜了，他能接受，但硬要说因为不新鲜所以没人看了，他却万难接受。要知道新鲜就说明不成熟，不成熟则意味着短命。因此班主不可能把不新鲜跟生意不好联系在一起，即便老傀儡师再三强调。

老傀儡师决定以退为进，他又捶着腰骨说自己老了，是时候回乡了此残生了。班主把手里的报纸一折，怒目道，你走了戏班怎么办？老傀儡师说，戏班历史这么悠久，有我没我一个样，按班主刚才的话，一时半刻且黄不了。班主把报纸展平，指着他的鼻子笑道，老东西，在这儿等着我呢。老傀儡师说，不开玩笑，我真不想干了。班主急了，说，关通，你现在走真不够义气，快说，你到底想怎样？老傀儡师回过头，说，不走也行，答应我刚才的条件。班主问，让傀儡流泪？老傀儡师说，对。班主又问，流不成泪怎么办？老傀儡师说，那就一切照旧。

老傀儡师决定先拿木偶试试，毕竟真人风险太大。蔚南班有固定的雕塑师，这个雕塑师手很巧、眼很毒，但生性有点儿懒散，不爱跑山上伐木，倒不是说山上没有合适的木头，而是怕走山路，因为山里蛇多、虫多、危险多，他惜命怕死。但不去山上，蔚南班坏了的木偶就会来不及更换，没有好木偶就上不了台、唱不成戏，也就会影响他吃饭。于是，他就让老傀儡师吊傀儡子的时候帮他留意东家有没有好柱子。老傀儡师把胡子一翘，说，你想干什么？雕塑师说，用那些有钱人家的柱子拿来做木偶，顶好。老傀儡师说，你就不怕拆了柱子让人家的房子塌了？雕塑师说，那我管不着。老傀儡师说，有也别打主意，要被发现了，我们还混不混了？雕塑师有这样那样的毛病，但有一点好，那就是手艺顶棒，给他一根木头，准保还给你一个比真人还真的木偶，眼睛嘴巴舌头手指都能活动，你让一个榆木疙瘩样的人做这些表情都有些难，他却能让真正的榆木做出这些表情来。即使这样，老傀儡师还不满足，还要他做一个能流泪的木偶。雕塑师很幽默，说他做不了，但知道有一个人能做，做的木偶不仅能流泪，还能唱歌跳舞。老傀儡师很激动，忙问是谁。雕塑师说，偃师。老傀儡师说，在哪儿？快带我去。雕塑师说，你现在去见他还早了点儿。老傀儡师问，为什么？雕塑师说，难道你现在想死？他早死了，死了几千年了，但他做的木偶现在还在史册里跟穆王妃递眼色调情，你说神不神奇？

雕塑师用说笑的方式告诉老傀儡师没办法让傀儡流泪，傀儡到底不是真人，没有七情六欲，也没有心肝脾肺，只有人才有七情六欲和心肝脾肺，才能流泪。问题也就出在这里，明明是在用傀儡演戏，实际上演的却是人的感受。文人用文章托物言志，艺人则用傀儡寄意于物，写文章可以泪洒纸上以示激愤，可吊傀儡不能泪洒当场，这是不专业的行为。这不是在为难雕塑师，这是成心在拿他开涮。可看到老傀儡师一脸严肃，雕塑师又有些于心不忍，遂问道，你真想让傀儡流泪？老傀儡师说，对，我不仅要让傀儡流泪，还要让它能笑，能开口吃饭说话。雕塑师说，我看你真是疯了。老傀儡师当然知道这是强人所难，他这么做无非是想让班主知道，木头做的傀儡不可能会流泪，只有真人做的傀儡才有可能流泪。

离开雕塑师后，他直接领着松姑来到班主面前。班主冷不丁看到一个没有提线也会动的傀儡，吓了一跳，等再看到她的双眼似乎还会动时，更惊奇了，以为老傀儡师真的让人把会流泪的傀儡做出来了，忙让他带着这个傀儡上场。可老傀儡师却有心卖关子，说，班主难道就不想看看这个傀儡会不会真的流泪？班主说，当然想看。老傀儡师扭头对松姑说，流滴泪看看。现在没有适合的情境，松姑流不出来，流不出来班主就不信她能让戏班起死回生。老傀儡师很着急，恨不得掐一把她的脸，又怕真把她的小脸给掐破，只好问她想不想家。班主一听，更神奇了，惊问道，怎么，傀儡也有家？老傀儡师说，当然，每棵树都有家，它们的家在密林中，俗话说无木不成林。听到家，松姑鼻头一酸，她越过关山阻隔的几座乡镇与县城，看到雾岭上的雾还是那么浓，她的家在雾岭中就像脚底的一颗痣，看不真切，却每天都要忍受潮湿的侵袭。家里的那口大缸破了，父亲没钱买新缸，放缸的屋檐下那个同心圆仍在，好在这个圆不会跟天上的月一样时圆时缺，它将会永远圆下去。可是屋里那张能坐满一家三口的桌子却永远多出了一个空位，那是她的位置。她不知道何时才能坐回去，把残缺的家补圆。怀乡心切的松姑哭了，哭出了彩色的泪，泪流到地上把尘土也染上了粉彩。

班主说，太神奇了，你是怎么做到的？

老傀儡师说，这个傀儡不仅会哭，还会吃饭呢。

班主不信，命人拿来一碗白米饭，可是老傀儡师却摇头说饭里没肉，它懒得张嘴。班主又让人往饭里添肉。松姑看穿了老傀儡师的心思，他是用这种方式让她吃饱饭。松姑第一次吃得这么饱，吃完还打了一个嗝。但很快露馅了，问题不在松姑的脸上，而在她的脚上。客家人的小脚指头都开了瓣，听说是以前河洛人南移的时候，被差人用刀在小脚指头上刻了一道痕，作用跟在囚犯脸上刺字一样。时间一久，南移的河洛人在福建的闽西山区成了客家人，后代的小脚指头也有了蒜瓣一样的划痕。这是仅次于客家话的区分客家人的标志。松姑没穿鞋，班主看到了她的小脚指头，他再怎么颟顸，也知道木偶再逼真，脚趾上也不可能有划痕。他命人洗掉松姑脸上的粉彩，又命人换掉她身上的衣服，一个楚楚可怜的小妮子出现在面前。他立马指着老傀儡师的鼻子骂道:"好啊,关通,你现在竟也学会弄虚作假了。快说,你什么时候成了拍花子的?"

老傀儡师说:"这个女娃父母全死光了,自己找上门来的,我看她可怜就收留了她。"

松姑说:"我父母没死。"

老傀儡师白了她一眼。

班主说:"还不快把人给送回去。"

松姑说:"我不想回去。"

班主说:"为什么?"

松姑说:"我回去爸妈就会饿肚子。"

班主说:"你留下来我们也会饿肚子。"

老傀儡师说:"她饭量很小的,就把她留下来吧,实在不行,饭钱从我的工钱里出。"

班主拿他没办法,赶走这个女娃容易,怕就怕赶走了她,老傀儡师也一气之下不干了,这就划不来了。他也不想再管,戏班里的每件事都比这件事大,傀儡的戏服脱色他要管,来到一个新地方还要及时拜码头。有些帮会常找蔚南班的碴儿,在戏班打尖的桌上放五粒石子,要是直接把石子全丢了,就会受皮肉之苦,要是丢掉两粒，保留三粒，往后就能在该地畅通无阻。原因不玄妙，因为三粒石子就是"桃园三结义，同是江湖客"之意。倘若是三粒石子加上两粒，则是"五湖四海皆兄弟"的意思。不管是五粒石子去掉两粒，还是三粒石子添加两粒，都属于傀儡戏这行的切口。班主除了不亲自上台吊傀儡子，其他事都要管，黑白两道都要顾到，不敢得罪任何一方。他既要提醒东家准备好被褥和高铺，因为木偶艺人自古不带被褥，他们不属"下九流"，而是"三教"中人，当然要睡在离地远的高铺；又要防止艺人饮酒误事。

班主是个劳碌命，又忙东忙西去了。待班主走后，老傀儡师终于想起跟她相处了这么久，还不知道她叫什么名字。

我叫松姑。她说。

往后要是你能在傀儡戏中闯出一片天，就叫你十八公。老傀儡师说。

不要，太难听了。松姑说。

这是根据你的姓来的，再说只有本事顶呱呱的人才配叫公。老傀儡师说。

老傀儡师决定把她培养成女傀儡，打算让她登台亮相的时候技惊四座。这是一个敢为天下先的举动，没有前人给他指路，也没有现成的例子给他参考。而且也不知她能否熬下来。

老傀儡师教松姑做的第三种表情是：陌。

陌

"陌"不像笑，也不像哭，能在脸上做出来。它本不属表情，因跟五官中的耳朵有关，也将将能跟笑与哭并列，忝作表情中的一员。松姑能做出这个表情的时候，已经跟老傀儡师学了许久的技艺，她能做出"陌"这个不是表情的表情，说明她已经彻底摒弃了离家之前饭量大的焦虑与刚到蔚南班时的思乡之苦。

陌的本意为田间小路，老傀儡师望文生义地引申为一百只耳朵，既然有一百只耳朵，相应也会有一百张嘴在叽叽喳喳。实际情况也是如此，在蔚南班，以及蔚南班的每一个落脚点，都有许多嘴在说话。这些话刚开始像松姑吃下去的饭粒一样多，后来她的饭量变小后，听到的百里不同音的话也就少了。不是她的耳朵出了毛病，而是老傀儡师让她在喧嚣的环境里也能专心学艺。以前的读书人必须要四周清净才能读得进书，戏班则刚好相反，必须要在恶劣的环境里学艺。因为读书人考试的考场不会有人打扰，傀儡师演戏的四方台却随时会有人故意拆台。这时，谁能在混乱的环境里有条不紊地演完一出戏，谁就能真正得到东家的尊敬，往后也就不愁饭吃了。可是让耳朵只记住传本里的内容，而忽视闹市的人声鼎沸，对年幼的松姑来说，毕竟没有那么容易。她这个年龄刚好也是上学的年纪，假如家里的条件好一点儿，也能跟别的孩子一样去学堂里念书，说不定她每天在教室里也会坐不住。老傀儡师当然知道松姑在出神，她毕竟不是这行的天才，如果不是她灵动的五官，凭她浮萍般毛躁的性子，他不可能把重振蔚南班的大任压在她身上。他也想靠体罚让松姑认真点儿，但又怕把她打跑了。他并不崇尚棍棒底下出人才，他认为只有松姑发自内心认同了傀儡戏，才会踏踏实实静下来学艺，而非像现在这样，身体看着是没动，但他教的每个字都没听进去。让她别被外面的叫卖声吸引，她倒好，连自己教的内容也充耳不闻。松姑答应跟他学傀儡戏，甚至还答应自己成为傀儡，可是内心并不喜欢。她答应是因为跟着老傀儡师有一口饭吃，她不喜欢是看这些傀儡瘆得慌，很像给死人烧的纸人，那些纸人也像这些傀儡一样穿得花里胡哨。后来她才知道，其实这跟纸人没两样：纸人是活人给死人招魂，傀儡是死人给活人招魂，借助它宣扬忠义廉耻等诸般教义。

老傀儡师看她实在不是这块料，就想放弃，不要说成为傀儡，就是成为吊傀儡的傀儡师或者帮腔她都不够格。可是蔚南班的演出一天比一天少，上到班主下到帮腔，个个愁眉苦脸。整个戏班每天都在唉声叹气。老傀儡师心里也着急，但不敢表露在脸上，他要是也慌了，整个戏班立马会树倒猢狲散。他指望着能早日把松姑调教出来，但这个"早日"可没有定数，有可能明天就大功告成，也有可能猴年马月还没出师。

本来蔚南班还能撑下去，可隔壁的乱弹班不知从哪儿找来了一个清末的秀才，专写荤曲，生旦净丑，四门十二个角色，不再用真嗓、假嗓和炸音体现人物的年龄、身份和性别，而是一律唱荤曲揽客，西皮二黄也不再婉转和高亢，而是一律改成了热闹的唢呐。这已然出格了，而且哪儿还有木偶戏的影子。遭逢乱世，每个人的注意力都不够集中，没法子再在戏里义薄云天，再在戏里言传身教，他们把礼义廉耻抛到一边，躲进安乐窝里成一统，不管外界冬夏与春秋。蔚南班班主也想改弦更张，可没钱找人写荤曲，又无法照抄乱弹班现成的曲调，因为整个戏班除了老傀儡师，没人认字。可就是这些斗大的字不识一个、扁担倒了不知道是一个一字的傀儡师，这些年来却在破碎的国土上勉力干着正人心的活儿。班主几次找到老傀儡师，让他把对面乱弹班的荤曲抄了，好让蔚南班依葫芦画瓢，不想都被老傀儡师拒绝了。

他仍在没日没夜地调教松姑，为了不被隔壁露骨下流的荤曲玷污，他还用棉花把她双耳塞住。每次教罢，从耳朵里取下的棉花都会变污，那是荤曲无耻的余韵。可是松姑毕竟还小，一段时间以来，她面对热闹的街市的确可以做到专心了，可是却无法在荤曲里醒脑定心，有时她还会问老傀儡师为什么自己学的跟隔壁唱的不一样。老傀儡师不能总是塞住她的耳朵，不然她就会记错每种木偶的动作。他要把她培养成不提线也能上台演出的木偶，不仅传本内容很重要，四肢协调也很重要。班主看他死倔，急得落了泪，就差跪下来求他。可老傀儡师自己耳朵里也塞了棉花，对他的百般请求置若罔闻，但每餐饭吃得却比往常多，因为松姑正在长身体，老傀儡师可以少吃，她却连一顿都省不了。眼看就要断炊，老傀儡师仍旧坚持，还让班主舍下老脸去借钱。班主在同行面前早没了面子，哪里还好意思去借钱，有时甚至想把戏班里的木偶贱价卖给同行算了。

雕塑师很久没接到戏班的活儿了，起初不用再跟山上的木头打交道，他乐得清闲，后来见饭都吃不起了，终于从床上起来，打听清楚了蔚南班落脚的地方，山一程水一程地追到了戏班。老傀儡师差点儿没认出来，因为雕塑师浑身上下没有一块好衣裳，简直就是乞讨的叫花子。因为老傀儡师一个人的倔强，连带着许多人都要挨饿受穷。班主见到雕塑师，喜出望外，打算让他去劝劝老傀儡师，因为他们两个关系最要好，说红了脸也会很快和好。雕塑师却拍拍肚皮说让他先填饱肚子再说。班主盯着他吃饭，怕他吃得多，又怕他吃饱睡过去忘了正事。雕塑师吃饭不喜欢有人看着，筷子一撂，说，你再看，我就不吃了。班主提起筷子，塞回他手上，说，我不看，我不看，你吃，你快吃。

吃完饭，雕塑师找到老傀儡师，后者耳朵里塞了棉花，没听到他的招呼。雕塑师看到他没在戏台上吊傀儡子，反而当着一个小女孩的面摆动四肢，以为他脑子着了魔，过去大力地拍了拍他的肩膀。老傀儡师一个趔趄，差点儿跌倒在门槛上把脑袋磕破，待看清是吃饱喝足的雕塑师，忙从地上起来，继续教松姑。雕塑师见他教得认真，不便打扰，翻看起搁在一旁的传本。演多了，翻久了，传本都破了，从明朝老祖宗那时就在演这些玩意儿，现在清朝都亡了，还在演这些老古董。连不是艺人的雕塑师都知道这一套过时了，老傀儡师还把它当成宝，现在居然还在传给后人。

本来雕塑师不想劝他，每一行有每一行的门槛，俗话说隔行如隔山，他不敢在专业人士面前指手画脚，就像他雕刻木偶，也不许旁人插手。可是，这一套的确跟不上时代了，再继续抱残守缺，连他都要没饭吃了，因此，他不得不厚着脸皮劝说。老傀儡师把棉花从耳朵里取下，让松姑先休息一会儿，等他应付完雕塑师再练。松姑难得闲下来，不想复习刚才练过的动作，就跑到窗边，看着下面飘香的街市流口水。

看着面前这个老朋友，雕塑师一时不知如何开口。老傀儡师又老了，鬓发白得很快，满脸疲惫，不过双眼仍有神，如同四周一片黑暗时唯一有光照耀出来的缝隙。雕塑师不知道这束光最后是被黑暗彻底吞噬，还是会战胜黑暗，达到月印万川的效果。他管不了这么多，现在要管的只有一个，那就是肚子。他开门见山问老傀儡师，是不是想让大伙都饿死？乱世有人死于炮火，有人死于饥荒，但只要有手艺，炮火和饥荒就不会找上门，可是现在，老傀儡师却主动把自己送给炮火和饥荒。不是他没有手艺，而是有手艺还不够，还要学会与时俱进。老傀儡师完全赞同雕塑师的看法，他这么做就是在改良手艺，只不过跟别人的想法有出入，手艺的形式可以改，但戏的本原却不能改，否则他们这一行也会沦为"下九流"，永世不得翻身。隔壁的荤曲唱得雕塑师心里燥热，想听又不方便听，反倒是老傀儡师久处鲍鱼之肆，已能做到不闻其臭。不管雕塑师怎么劝说，他就是不听，眼看多年交情就要毁于一旦，老傀儡师突然反问他会去做房梁吗？雕塑师觉得这是在侮辱他的手艺，脸涨得通红，说他就是饿死也不会改行去盖房子。老傀儡师两手一摊，说，那不就得了，看来你也很清楚，你能接受在木偶里雕刻人或者动物，也不愿意接受扛木头立房梁，因为你明白木偶只能在四方台上傲风雪，不能在地基上成栋梁。雕塑师好像明白了他的坚守，很多人其实也不理解他的手艺，以为只是跟木头打交道，就想让他帮忙用竹篾编筐，或者让他砍柴烧火。认识那么多年，雕塑师好像直到今天才完全了解自己的朋友，他不再说话，他的话全在此刻的沉默里。老傀儡师也不再多说，他脸上写满虽千万人吾往矣的坚执。

雕塑师回去了，他放下一句话回去了，这句话是他会在家多寻良木，等着傀儡师成功的那天。雕塑师找遍了闽西的每一座深山，找到了一棵在战时依然挺拔的青松。用松树而非樟树做木偶也是他的改良之举。这棵青松非常高，树冠郁郁葱葱，树根遒劲有力。它盘踞在那片云岭上，几乎有一半被云霞所蔽。他砍了三天才把这棵大树砍倒，只见天地震动，树冠上的云雀轰然飞去，云也在疾走。深山没有空地让这棵大树躺下来，倾倒的大树夹在树与树之间，怎么也无法完全倒下来。雕塑师把两旁的杂树砍掉，给青松腾位置，终于，它像一个长途奔波的旅人倒在了床上。他把青松砍成四截运回家，每截都同样长短、同样粗细。他把松木立在墙边，不久背阴里长出了蘑菇；又把松木倒放在地，可是松木又会滚地走。他只好把这四根珍贵的松木立在屋里，搬走桌子，把每顿饭的饭碗放到树的年轮上。四根松木放了四个碗，每个碗里的菜量一天比一天少，最后只剩四个空碗。

他细数着年轮，每条年轮都差不多粗细，只不过越往里越小——不管是人，还是树，都是越长大越容易遇到困难，小时候倏忽而逝的时光总在长大后变得格外漫长。他在等老傀儡师上门找他。

两团从耳朵里摘下的棉花，就像两朵被骤雨坠到地上的乌云。在雕塑师离去的日子里，老傀儡师不再用塞棉花避声色，他已能完全做到六根清净。街市上喊破喉咙的叫卖，妓院里挥帕抛撒的眉眼，赌坊里面红耳赤的摇骰，都不会影响他分毫。让他欣喜的是，好动的松姑好像也定了心，有时让她休息休息，出去走走，也会被她当面拒绝。看到松姑变成可塑之才，老傀儡师很高兴，但高兴之余又生出愁云，他没有把握她是不是一时兴起、三分钟热度，也不敢试探她，因为人心不能试探，也不经试探，怕一试一探，结果是一场空欢喜。首演的效果也很好，她比真正的木偶灵动飘逸，四肢屈张有度，眉眼甚至还能流波，似乎尘封成百上千年的历史画卷终在她身上得到了复活。识货的观众看了，在报上撰文赞扬这个傀儡为百变演员。是的，松姑一人可饰多角，扮上男装，她就是戏台上忠肝义胆的关云长；穿上女装，她就是戏台上忠贞不渝的杜十娘。她一个人就是整部历史。

可老傀儡师不敢让观众知道这是个真人，那会让观众有受骗之感。原因很简单，傀儡戏是用木头当人，如用真人就跟京剧和其他戏种没区别了，如此一来，傀儡戏就要彻底更名换姓，这已不是改良，这是在革老祖宗的命。老傀儡师有办法对付别人的打听，他说是木偶里装了机械，就如同钟表装了机械就比日晷更方便，也更准时。

班主见戏班增添了收入，便让老傀儡师主事，这是无奈之举，因为在老傀儡师训练松姑的那段时间，他为了贴补戏班，变卖了大部分傀儡，遣散了所有傀儡师，最后只剩下老傀儡师和松姑。没有遣散这两人不是因为班主心软下不去手，而是他也把希望全寄托在松姑身上，遣散她就等于彻底砸了自己的饭碗。老傀儡师是在首演完后方知班主变相遣散了戏班，现在整个蔚南班都要靠他和松姑两人，压力不可谓不大。不过人少有人少的好处，开销不大，也不用时不时地再让雕塑师雕刻新木偶，换掉旧木偶，无非是购买粉彩和松姑穿的不同戏服需要花点儿钱。

松姑第一次上台，没有预料的那么紧张，这得益于老傀儡师持之以恒的训练，让她面对无数人、无数张嘴，也能做到不被打扰。她身处陌生之地，耳朵面对陌生之唇，就像关闭的一扇门，全然不管门外的山河破碎，一心专注门里的戏。

四方台，看似不过方寸地，却在她的表演下成了横无际涯的千里江山，她或骑马纵横于燕云十六州，或驾舟往来于长江黄河。她穿梭于四季与南北，前一刻还在忍受北方的秋霜冬雪，后一刻却在春暖花开的南方醒来。

演完，松姑浑身上下都被汗水浸透了，这让躲在幕后用手势引导她的老傀儡师吓坏了，因为傀儡不会出汗，只有真人"短时间内八百里加急从南北往返"，才会出这么多汗。在观众的喝彩声中，他连忙把松姑抱到后台，台下的掌声即便隔了一层厚厚的幕布，也全能听到。老傀儡师让松姑躺在地上，给她喂水，又打开门窗通风，直到松姑睁开了眼睛，他才算松了一口气。

松姑睁开眼睛说的第一句话是，师傅，我刚才感觉体内有千军万马在奔腾。

松姑说的第二句话是，师傅，我刚才感觉体内有无数古人在跟敌人作战。

松姑说的第三句话是，师傅，我刚才感觉体内有许多倚门盼郎归的苦命人。

松姑说的第四句话是，师傅，我好像终于知道木偶戏的妙处了。

老傀儡师听到最后一句话，知道事情成了，松姑完全与木偶融为了一体，今后她就是木偶戏，木偶戏就是她，起码目前在蔚南班是如此。

许多人慕名来后台参观这具神奇的木偶，这让老傀儡师措手不及，拦是拦不住了，只得立即让松姑从地上起来，不忙给她洗粉彩、换戏服，就让她站在原地，禁止出声，沉默着接受观众参观。人们细细打量着这具木偶，一旁的班主不敢喘大气，怕穿帮。众人见这具木偶刚才在台上还很活泼，此刻在台下却一动不动，便问老傀儡师能不能让它再动一动？问完没看到木偶身上有线，便又问为什么没线却比有线还灵活？老傀儡师说，这是一个机械木偶，靠充电表演，刚在台上电池用完了。他们又想把这个机械木偶拆开，看看里面是什么构造。老傀儡师忙说不行，里面的仪器很精密，拆了就装不上了。不过他大方地告诉大家，里面的仪器都是仿照真人的心肝脾肺肾而造，所以它也有人类的喜怒哀乐。人们更好奇了，虽然看不到里面的构造，但却能瞧清楚外面的模样：眼睫毛很长，还有点儿卷；眼角有颗泪痣，衬得眼睛大，又不失神采；鼻子小巧，挺拔；还会噘嘴，好似正在生气。五官逼真，皮肤也跟真的一样，看得见毛孔粗细和青红两色血管。如果不是刚才亲眼见它在台上演出，人们说不定就把它当成真人了。

临走，有人猛一回头，说道："这就是真人，还会呼吸。"机械木偶可以百分之九十九像真人，但不可能做到百分之一百像真人，这差出来的百分之一就在呼吸上。这人刚才观察机械木偶五官时，手指触到了它的呼吸。让他这么一喊，那些满意而归的人又纷纷转头回来，先后凑过去用手指探其鼻息。松姑很清楚，要是她再呼吸一下，这么久的努力都会化为乌有，便使劲忍着呼吸，哪怕把小脸憋得通红。老傀儡师见状，忙把众人推开，然后指着刚才那个大喊的人质问道："你是隔壁乱弹班的吧？是不是看我们蔚南班生意有了起色故意找碴儿？"此话一出，众人都把注意力放在了那人身上，得以让松姑偷偷喘了半口气。此人身份被识破，不好多留，摇着折扇从人缝里挤走了。

好不容易送走众人，老傀儡师忙让松姑透口气，别憋坏了，没想到松姑眼睛一眨，说她刚才偷偷透过气了。这时，老傀儡师才知道，这小妮子比他想象的机灵，放了心，慢慢给她换衣梳洗。

往后，整个八闽大地都有他们的身影，不管是沿海城镇，还是靠山乡村，都知道有个神奇的机械傀儡，一人能顶一个戏班，能演好多种傀儡戏。可老傀儡师却不敢去省外，担心外省人见识多，看破他的伎俩，遂一直在本省打转，钱赚得不多，勉强能混个温饱。有时还义务出演，给受苦受难的福建老乡高唱一曲太平歌词。傀儡戏虽然常常爆满，可松姑却没有自己的生活，她净演别人的日子了。她也想有自己的生活，几次跟老傀儡师索假，都被他拒绝了，拒绝的理由让人哭笑不得：等你成年再给你放假。离十八岁成年还有好几年，松姑觉得这个日子很长，不同意，说什么都不同意。又问，能不能在每年的生日给她放一天假？老傀儡师说好，问她生日是什么时候。

这可把松姑难住了，因为穷人家的孩子不配过生日，她离家前从没过过生日，也不知道生日到底是在哪天。老傀儡师想了半天，说："简单，以后六月一日就是你的生日。"这一天是松姑首次登台博得满堂彩的日子，也是她重生的日子。

上台已不成问题，不管多大的场面与阵仗，松姑一个人都能应付得来。老傀儡师也不用再在幕旁用手势或者眼神给她提示，他就躲在幕后，还把每次落幕后台下的掌声都当成是给他的。

傀儡戏演多了，松姑渐渐分不清现实与历史。日军已从东北方向撕开了一道口子，正一头饿狼似的准备把全中国一口吃下去是现实；唐贞观年间，王玄策一人灭一国就是逝去千年的历史。当现实与历史掰手腕时，现实每每在历史面前败下阵来，这体现在松姑身上就是每次当她洗掉粉彩、脱下戏服，不是听到松花江沦陷，就是日军的枪炮已经叩开了山海关。辉煌的历史在她演的木偶戏中，不堪的局势则在班主看的报纸上。她几次要求北上用表演救国，可是老傀儡师说什么都不同意，班主更是指着报纸告诉她，南京、上海也先后沦陷了，蒋介石都跑到重庆去了，重庆一转眼就成了陪都，现在北上就是找死。在松姑登台的时候，班主考虑的不是北上，而是南下，两广是他最先考虑的地方。怕脚下的八闽大地迟早也会被日军占领，正准备举班南迁时，他又在报上看到一则分析时局的文章：倘全国最终会悉数被日军占领，则陕西与福建或将能坚守最后，盖因陕西有千里秦岭作为屏障，福建则全境环山，两者皆为易守难攻之地。后来的事态发展与这则分析几乎相埒，陕西除了省会西安被日军轰炸，福建除了厦门等沿海城市被日军暂时入侵，两省全境并未像其他地方那样饱受日军侵略。班主打消了南迁计划，继续待在省内，待将来局势稍有好转，再图出省事宜。

确定了"固守本省"的四字方针，蔚南班内部却出现了裂痕。问题还是出在松姑身上。她寂寂无名时，戏班只是多添一双筷子的事，可她现在一夜成名，成了妇孺皆知的"十八公"，要求可就多了。而且众人都当她是个机械木偶，除了吃电池，并不像当时红遍上海滩的影星或者名扬京畿重地的京剧大师那样讲排场，因此外人都以为蔚南班的蠹虫是班主和那个没事可干的老傀儡师。别看松姑在台上英姿飒爽，行的是温良恭俭，道的是礼义廉耻，可一到台下，换了一身活人的皮，就尽情享受起了活人的口腹之欲。她搞不清时局混乱的原因，以为是因为没有历史上那些英雄好汉力挽狂澜，痛恨自己不是男儿身，不能真的上战场抵御日寇。身心屡次被现实与历史互相拉扯，再加上报国无门，她的欲望便越来越大。老傀儡师和班主都感到奇怪。

"十八公"是松姑姓氏的拆分，这是老傀儡师给她取的艺名，后来变成了江湖上名噪一时的名号。都知道这个艺名是个男人名，本该属于某个男傀儡师，但因老傀儡师说机械木偶可男可女、亦阴亦阳，渐渐地，便无人再置喙这个并不文雅的艺名了。她在国破时贪图享乐，并不完全是为了弥补小时候的亏欠，而是只有大肆吃喝才能让她找到一点儿存在感。她知道自己出演的故事毕竟已随万千冢中枯骨一起淹没在了历史尘埃中，即便每次都能受到观众的热烈追捧，但他们的热泪与士气离开了戏台之后，在恶劣的时局下又日渐消失了。

她每天用佛跳墙漱口，荔枝肉也不是正餐，而是饭前点心，鸡汤汆的不是海蚌，而是一块块吹弹可响的银圆，白斩鸡的鸡骨堆积如山，半月沉江里是一半黑蘑菇，一半白面筋，太极里的阴阳调和仍然调和不了她的脾胃。吃着吃着，松姑又屡次泪洒饭桌，因为她看到国土也如一罐佛跳墙，里面有来自渤海的鲟鱼唇，有来自鼓浪屿的半头鲍，有来自阿勒泰的绵羊蹄，还有来自西南地区的宣威火腿，可是这些美丽可爱的地方，如今都快尽丧敌手——日寇揭开盖子，吃着里面的美食攒了力气又用来对付这片国土上的人民。岭南的荔枝最终只成全了苏轼有幸日啖三百颗。海蚌沉默如金，里面的珍珠宁愿腐朽，也不愿被鸡汤磨洗反射出前尘往事。雄鸡无法再一声天下白，它凋零的羽毛犹如破碎的旗帜星散在南北西东。沉江的不只是月亮，还有太阳，致使日月不明、山河混沌。松姑尝不出味道，却不得不尝，好像只有这些产自各地的美食才能让她忘却家国之恨。

每次她吃饭时，最紧张的都是老傀儡师，他不是担心她把戏班吃穷，而是担心有人撞破她的真身。在不出演的日子里，他也不让她出门，只能待在戏班里，因为她卸了妆，换了衣服，还是跟戏台上有六七成相似，怕别人看到她的脸，就会联想到戏台上那个机械木偶，从而在她下次上台的时候当众揭穿。因此，松姑吃的这些美食，不是亲自去的各大酒楼，而是老傀儡师每天叫人送上门。一旦吃饭没有恰当的环境，瞬间就让她食之无味，况且每次动筷子或者拿起调羹时，老傀儡师和班主都会在她耳边念报纸，说哪儿哪儿又沦陷了，哪儿哪儿又遭到了日寇的"三光"。她不能出门，更无法在离家近时回家看看，可她却常常梦见雾岭，梦见雾岭初晴，岭上的红日照亮了万物，她那个夹在山坳里的家也有幸分得一寸阳光。然而，时间一久，她却逐渐听不见雾岭上群鸟的振翼声，听不见百花破雾绽蕾声；地上的声音听不见，地下的声音她也听不见，春笋到底有没有破土而出，蘑菇究竟有没有在雨后擎伞，她一概不知。她的耳朵不会再被台下陌生的嘴巴干扰，代价就是在梦里也无法再听见故乡的万物生长或者凋谢。

自此，她才算真正离了家，不是身体离开了家就算离家，要耳朵和嘴巴忘记了家乡的声音和味道才算离了家。何况，现在连能帮她回去重找熟悉的声音和味道的腿也被禁了。看来，她真的要彻底忘记家的音容笑貌了。父母终将变成陌生人，成为她生命中匆匆的过客。

老傀儡师教她做的第四种表情是：活。

活

按老傀儡师的话说，舌头上蘸到了水就是"活"。松姑刚出世时，还未开口啼哭，舌头便先触到了奶水。水本来无所谓死与活，因为撞见了舌头，也就成了活水。刚生下的松姑，不是最先开口叫，而是最先伸出舌头，父母担心她会夭折，当她喝到第一口奶终于啼哭出来了，他们才把眉头熨平，把心落地。虽然她哭出来了，父母却以先知的远见担心她饭量大，养活她不容易。不过他们也有办法化解，那就是在黎明时分抱着她去到雾岭。

岭上有一处悬崖，悬崖边长了一棵千年古松，被人尊为松神，逢年过节许多人都会在树根上烧香和摆放供品，但却头一次有人抱着新生儿来拜松神。雾还没散，岭上什么也看不清，但在母亲怀抱里的婴儿却没再哭着要喝奶，而是用一根娇嫩的手指指着松树的方向，嘴里咿咿呀呀。父母吓了一跳，都说婴儿能看到大人看不到的脏东西，便以为她看到了鬼怪，当即想下岭，可为了知道以后能不能养活这个孩子，他们还是硬着头皮来到了悬崖边。说来也巧，本来阴了数月的雾岭一下子就露出了一张旭日初升暖洋洋的脸。这一家三口的目光越过密实的树冠，看到了火红的朝阳，婴儿本来惨白的脸也被映得红润了。这对初为父母的夫妻转身看向岭的另一侧，看到梯田上的禾苗扬花了，终于明白女儿的到来，不但不会让家里更穷，反而是给家里种下了一颗希望的种子。他们抱着婴儿下了岭，沿路草高林茂，极难走，可松姑却张开小嘴，接到了从树叶上滴下的露珠。每接到一滴，她都会露出一副还未长牙的笑容，一扫这对夫妻走夜路的疲惫。

一滴露珠能折射出整片森林，同样也能折射出一个婴儿慢慢长大的所有蹒跚步履。露珠蓄饱了晚烟晨雾，就会急于掉落下来，可是外出多年的松姑却在思乡最浓时有家不能回。她可以忘却父母的样子，可以忘却一年四季不同的雾岭，甚至还能忘记"地不暖，种子不长"的农谚，但始终无法忘记幼时看过的那轮太阳。它葬送了游子的还乡梦、一年三百六十五次的九曲回肠，斩断了山河与天空的通途，也耽误了来自全国各地的食材在肠胃里朝发夕至——曲径已然被战争堵塞，再也无法通到花木深的幽处。

松姑踉跄长大后，竟成了一个活在过去、无缘现在的傀儡，她所遇到的挫折不是吃不到饱饭、穿不上新衣、睡不到暖床，而是，她活得不像个人，不像她自己，倒像她幼时匆匆见过一面的松神。它也是不愁香火与崇敬，遇到旱时，人们甚至会从岭下提水浇它，遇到严寒，有人会给它穿衣服。它明明不是老祖宗，却尽享老祖宗之福。现在，当松姑被蒙在鼓里的人也当成木偶里的老祖宗后，她就完全理解了松神的烦恼。它本是一棵树，一棵每日与悬崖上的孤独仙草嬉闹的"五大夫"，却被迫每天接受祭拜。"五大夫"这个称号来自两千多年前的秦始皇，因为巨大的树冠让銮驾免遭雨淋，护驾有功，所以秦始皇大手一挥赐了它"五大夫"这一爵位。功名虽显，可它并不喜欢，它更喜欢被陶渊明引为知己的菊，更喜欢被林和靖当作知音的梅，更喜欢被郑燮记在画中的竹，当然，最喜欢的还是被屈子视作高洁傲岸的兰。无奈，却偏偏遇见了秦始皇，从此有了无数不得已，只能白白从秋熬到冬，又从春熬到夏。松神热闹一时，寂寞却是一世，世人困厄时才会想到它，发达后就完全把它给忘了。不过，好在脚边有那棵孤独仙草，它长得像傲雪的梅花，却比梅花坚毅，因为梅花虽然严寒独自开，但脚下仍不失为一片富饶之地，而它，不仅要傲霜雪，还得想办法从峭壁的缝隙里撑出来，又得防止搏击长空的雄鹰一嘴把它给叼了。假如没有这个松神，或许它就不会叫孤独仙草，可能会叫死亡草，因为树冠帮它挡住了大部分危雨险雷。也是因为有它在，松神才不至于每天在悬崖上过于寂寞与凄凉。

松姑日日以悬崖边的松神自况，但她毕竟不是树，而是一个有血有肉的活人，她把如今的被迫足不出户当成将来一飞冲天的暂时过渡。原因很简单，因为只要她到了十八岁，就能拥有自己的时间，或许到时还能找个合适的时机，跟老傀儡师摊牌不干了，让他培养另一个倒霉鬼去，她则会拿上这些年的积蓄回家看父母。照她现在的长势，她有理由相信，一到十八岁，老傀儡师哪怕再怎么不愿意，也会放她离开，因为假如被观众发现机械木偶竟会长大，会出现什么后果她可不敢细想。她幻想着那一天早日到来，而且要求每顿饭更加丰富，她把自己当成了种子，以为多施肥料，就能提前长大。原以为老傀儡师和班主会有怨言，没想到两人都对她有求必应。每次登台看到乌泱乌泱的观众，她就知道他们不是看在她的面上，而是看在观众的面上尽量满足她。傀儡戏她有点儿演腻了，虽说历史厚重，可也经不起日日翻阅，她现在甚至闭上眼就能做出习惯性动作——强大的惯性已把她的身心训练成了故乡每年春夏都会自动去梯田里劳作的耕牛。

松姑想的是早日长大成人，老傀儡师想的却是阻止她长大。那次她在台上猝不及防来了初潮，可把老傀儡师吓坏了，好在他反应快，及时跑到台上，用衣服盖住了她的下身，可是仍有许多观众瞧出了不对劲，不在于台上的木偶突然下身一片血红，而是奇怪木偶怎么做出了让他们感到陌生的遮挡动作，且脸上表情惊惧。眼看台下流言四起，机智的老傀儡师急忙宣称，这是因为木偶体内的电池漏电所致，因此才会流出红液，只需搬到台下维修即可，并承诺今天看戏一律免费。暂时稳住现场后，老傀儡师立即示意班主上台救场。班主左右为难，他后悔当初遣散了除老傀儡师之外的其他傀儡师，不然现在就能让他们上台救场了。他硬着头皮上台，尽量拖到老傀儡师"修好"松姑，可是哪怕使出了吃奶的劲儿，台下观众仍直勾勾地盯着他，有的甚至还把手里的花生、瓜子和杏仁丢上台，让他滚下去，他们要看真正的傀儡戏。班主脸上渗出豆子一样大的汗珠，一边擦汗，一边偷偷掀开幕布往里探。他看到松姑已经换了一条干净裤子，可是脸上即便施了粉彩，仍很苍白，尤其她仍死死地用手捂着肚子，好像里面真有一节漏电的电池。

老傀儡师没想到松姑会在这个关键时刻来初潮，这是一个举国欢庆日寇无条件投降的好日子，大江南北都在举行隆重的庆祝活动。这天他本来可以把名气打到省外去，因为台下来了许多全国各地的记者，他们将会用手上的笔记录此刻与全国共襄盛举的八闽大地。而他的机械木偶无疑将会最出风头，或将代表福建省与外省的变脸、京剧和踩高跷一争高下。可是现在却只能让那些靠笔杆子吃饭的记者在台下干坐着，老傀儡师不敢想象他们明天会在报上写出什么难听的话，轻则会说福建省在全国盛大的庆祝活动中掉队了，重则会说八闽人民的爱国心比其他地方的人要少。想到这些，老傀儡师越发着急，当即就想让松姑继续登台，再难受也要把戏演完再说。

松姑不知道来初潮意味着什么，老傀儡师告诉她意味着她由女孩蜕变成了女人，意味着她有成为母亲的资格了。直至此刻，松姑才知道"母亲"这个词的真正含义，原来这个看似轻飘飘的词语，却有千斤之重——痛苦增加了这个词语的分量。她此刻再没心思去想如何登台娱乐观众，而是憧憬着早日成为一个母亲。可转念想到自己那个劳碌命的母亲，又觉得母亲这个身份就像戏里可怜的诰命夫人，个中甘苦只有自己知道，不相干的外人提起时顶多竖起一根大拇指而已。她不想成为一个象征，她要活出自己的喜怒哀乐。

老傀儡师说，大伙都等着呢，忍一忍。

松姑说，不行，我今天要休息。

老傀儡师说，我的祖宗，今天可歇不了，今天是国家重生的日子。

松姑说，今天也是我新生的日子。

老傀儡师说，对对对，今天也是全国人民新生的日子。

松姑强调道，今天是我新生的日子，我要休息。

老傀儡师说，只要你现在上台，往后你随时可以放假，成不成？

松姑说，不成，我今天就要休息。

老傀儡师拗不过她，只好亲自上台跟观众解释："实在抱歉，电池一时半会儿修不好，烦请各位明天再来。"人群很快散场，加入门外民众高举横幅的庆祝潮流中去了。躺在床上休息的松姑嘴没歇着，耳朵也没歇着，喝的是加了蜂蜜桂圆的莲子羹，听的是班主给她念报上日寇投降后全国人民的激动反应。老傀儡师什么条件都答应她，只望她明天能起来演最后一场，他要抓住庆典的尾巴，给这场全国范围内的庆祝活动来一个漂亮的收尾。他几乎时刻关注着松姑的肚子，只要她有所动作，就以为她的肚子不疼了，赶忙趋前备上头饰和戏服，却见她只是想翻个身，又不情愿地拿着木偶戏的家什退下去。在一旁枯等了许久，终于见到她要下床了，脸上绷不住的笑就像落网之鱼，可又不敢被她看到，怕她使性子罢演，只好装出担心的口吻提醒道："要不再躺一会儿，等肚子好透了再说？"松姑捂着肚子觑了他一眼，回道："想什么呢？我下床去屙尿。"老傀儡师目送她出去上厕所，又担心晚来风急加重她的腹痛，忙命人把夜壶备在她床下，省得进进出出招了恶风。没想到好心又引来编派："你杵在那儿，还让我用夜壶，想占我便宜不成？难道你把教给我的礼义廉耻全忘了？用不着，我可不想让方便变成不便。"老傀儡师脸上臊得慌，这也许就是教会了徒弟饿死师父，后悔当初教她时没留一手，又悔恨当初没多教一人，否则也不至于被她拿捏。

心里苦闷，就想找人说话，班主指望不上，他现在全听松姑这棵摇钱树的，要不是松姑现在暂时还用得着他，班主说不定也会把他赶走。他的老友雕塑师至今赋闲在家，当初伐下的四截木头早就腐烂了，里面生了虫，也没等到蔚南班的订单。若非老傀儡师时不时地接济接济他，说不定他也早就腐烂发臭了。老傀儡师接济他不是看重他的雕刻手艺，而是吊着他一口气，以备苦闷时能有个人说说话。现在他多年的接济起作用了，老傀儡师果真遇到难处了，前脚刚急唤雕塑师过来叙旧，后脚雕塑师就马不停蹄地赶来赴约了。一见到雕塑师，老傀儡师就后悔白养他了，因为他脸上和身上都多了几层肉，握手的时候手的指节也粗了不少，他还没说什么，雕塑师就先不满了："哎哟，你手上的茧子咋这么厚？都快把我的皮给磨破了。"老傀儡师狠狠扫了他一眼，就像筛子过米糠一样，发现这厮除了脸上长了肉，皮肤也白嫩了不少，明明一直生活在乡下，却比地主家的教书先生还富态，终于明白这些年他写的那些求救信都是假的，什么在乡下过苦日子，什么只能喝井水填饱肚子，什么浑身都是病，活不了几日就要一命呜呼，全是狗屁。可老傀儡师再生气也不敢发作，因为现在有更棘手的事，所以他只能强迫自己心胸宽广赛金刚。

雕塑师一听他叫自己紧急前来是因为木偶罢工，忙大手一挥说道："拜托，你才是傀儡师，怎么会被傀儡控制？换一个木偶不就得了，反正我也歇够了，正好可以给你做几尊新木偶。"说完见老傀儡师久久不说话，雕塑师索性用两张凳子拼在一起，躺在上面让风尘仆仆的身子安歇一会儿，但他并没有真的睡着，那会显得不够意思。他悄悄顶开千斤重的眼皮，睃一眼老傀儡师，看到他靠近了，冷不防问道："想说了？"还是没声，只听得一双脚在面前踱来踱去，搞得雕塑师想睡都睡不着了，便站起来作势往外走，嘴里说道："不说我回去了。"话是这么说，可脚却没跟上嘴的速度，走得很慢，终于在走到门边时身后响起了老傀儡师的留步声："我说，我说，但你要答应我,绝不能让第三个人知道。"

雕塑师回头笑道:"见过池塘里的河蚌吧?我的嘴比蚌壳还严实,除非被开水烫死。"

老傀儡师请他回去躺好,一会儿到门外瞧瞧,一会儿又到窗边探探,好像要跟他密谋什么天大的事。末了,才踱到雕塑师面前,再三强调道:"我实在不放心,你还是发个毒誓吧。"雕塑师噌地站起来,二话不说又往外走。老傀儡师深知自己有点儿过分了,忙跑过去把他拽回来,按回凳子上,说:"那个机械木偶其实是个人。"雕塑师脸上的愠色消了一半,说:"就这事?我当然知道它像人,不然怎么叫机械木偶,就是比真人还真的木偶。"老傀儡师见他不信,明显也被报纸欺骗了,急道:"我说真的,那个机械木偶真是人,现在她来月事了。"雕塑师一听,惊问道:"你当初训练的活人傀儡成了?"老傀儡师点点头。

"早告诉你别玩火,现在怎么样?让你老老实实用木偶偏不听,非得搞个真人。难道你不知道,人心难驯吗?明面上看着听话,但身体总会出岔子,就算身体不出岔子,精神也保不齐要出岔子。"雕塑师说。

"谁说不是呢,现在她就借着身体不舒服偷懒。"老傀儡师说。

"你就知足吧，现在只是来月事，万一将来怀孕了更是有你哭的时候。"雕塑师说。

听到这话，老傀儡师起了一个觳觫，他还真没想过松姑会有怀孕的那天，现在她来月事和一天天长高就够让他头疼了，要是肚子再大了，到时受骗的全省人民乃至全国人民一定会把他大卸八块。而且，他又不能像替换其他木偶一样，把松姑替换下去，因为他没有备用方案，当初也没想到会发生如今这档子事。

雕塑师见状有心逗他，说一个大肚子木偶在台上说不定会更受欢迎，没准能把名气打到世界各地去。老傀儡师一听这话就生气了，不是因为他在拿自己逗闷子，而是因为他竟然取笑一个怀胎十月的母亲，开玩笑可以，但也要有分寸，嘴上没个把门，跟没爹没妈从石头缝里蹦出来的有啥两样，因此他做出端茶送客的动作。雕塑师一看，知道自己的玩笑开得过分了，忙当场找补："我知道一个偏方可以闭经。"

"玩笑我听腻了，请你回去吧。"老傀儡师说。

"我说真的。"雕塑师说。

"什么偏方？"老傀儡师问。

"很简单，只需每天坚持服用老陈醋加三七，月事自然会延迟，甚至还能造成闭经。"雕塑师说。

"你确定？"老傀儡师问。

"当然确定，有些地主家不能怀孕的妻妾，就用这种法子暂时蒙混过关，让那些冤大头地主以为要当爹了，没想到到头来破了葫芦碎了瓢，啥也没捞着。"雕塑师说。

老傀儡师一听，忙遣走老友，命人前去购买老陈醋和三七粉，放到甜酒里，盛了一盅急忙给松姑端去，哄她是莲子羹，吃了肚肠就不疼了。刚一进嘴，松姑就吐了出来，扇着风连说又酸又涩，不想喝。老傀儡师又往里倒入蜂蜜，重给她端去。这回松姑尝到了甜头，便觉得是在喝蜜，不是在吃苦，一连饮了三盅，舌头随即被酸甜涩兼具的水救活，不再觉得口干舌燥、吃什么也吃不出味道了。

老傀儡师不知这偏方竟能成瘾，不敢再下猛剂，可是老陈醋或者三七粉加少了，松姑又要发脾气，说莲子羹里净喝到糖了，既如此，她为什么不直接抓起一把糖往嘴里塞？可老陈醋和三七粉加多了，她又有怨言，仍然摔杯子掼碗，说她登台就够苦了，现在还让她吃苦水，胆敢让她不痛快，那就谁也别好过。

试了许久，老傀儡师才调出三味均衡的羹药。往后，松姑的确没再因月事耽误上台，月事也渐渐地变成了年事，最后甚至难得一见，松姑每次都疑心来了，可蹲下来一看，不过是小便。而且她的身高也好像停止了生长，岁岁年年都是十四岁来初潮时的模样，想到自己要用十四岁的样子迎接成人的那一天，松姑就会动不动流泪。可是她不能流泪，因为连轴转的戏班还少不了她，她得上台继续做傀儡，然而，从前能做出的动作，现在却逐渐吃力了。这时她才知道，她的身高没有再长，可是骨头却往硬里长了，她终究无法在台上如鱼得水了。喜的是老傀儡师，因为既然松姑停止了生长，自然也不用担心她怀孕了，瞧瞧她现在的侏儒样，哪个男人还会喜欢？

松姑的身子不再长了，女性的特征也逐渐抹去，多年在台上表演加上药物作用，她不再憧憬成年，也不再期待还能放假。每次下台卸妆换衣服时，看到镜中的面容，她总会想起当初刚来蔚南班的时候，按照那时五官的模子，她即便将来无法倾城倾国，也能出落成一个小家碧玉，没想到到头来却长成了女生男相。她那张之前饭量大、能吞四方的樱桃小嘴，现在隐隐长出了胡须。她那颗泪痣在离家后没有变大，反而在台上演出名堂后长成了痦子。她已不会流泪，泪水是感知世间万物的呼吸，既然她如今已心如死灰，也就没必要再浪费泪水了。陌生的话语已多年不在耳朵里打架，之前只是听不清外人的话，后来连老傀儡师和班主的话也听不清了。再往后，她分明感到观众的掌声也弱下去了，请她上台的东家很长年月才有一个。她的耳朵拧上了怀旧的发条，她还想再听一听远去的声音，可是远去的声音就跟流逝的岁月一样，都不可追赶。门外剥蚀的对联也许久没着色了，始终没人愿意把旧的撕下来，贴上新的。舌头吃到的东西越来越没滋味，只是在果腹，已享受不到一点儿口舌之乐。吃东西是这样，喝水也是如此，不像在喝水，倒像在喝铁锈，喝下去就会让心肠变硬，全然不管还有没有人进场，更加无所谓还有没有东家相邀，只顾自个儿在台上演。演得历史起了包浆，一脚踏进了新社会，另一只脚还被关在暗无天日的过去里，出不来。

"吞"原指傀儡师在台上可以做到长时间不喝水，单靠吞咽动作熬时间。

"泪"原指离户犬深夜视物眼生潮，代指做傀儡师很苦，不能流一滴思乡之泪，否则便会前功尽弃。

"陌"原指鹰隼之鼻无视宵小，专注猎物，后指上了台即要做到目中无人、耳中无声，只有戏最大。

"活"原指为人要活络，擅变通，后指傀儡师要在台上做到心有七窍，眼观八方。

老傀儡师牢记祖师爷的这四字箴言，可遇到松姑，竟让这四字箴言全变了味，好像每个字都跟预料的有云泥之别，导致蔚南班在短短几年内就由兴盛速朽下去了。

戏班遣散在即，可是松姑仍在台上，她的个子跟刚来的时候没有多少不同，只是身上的肉往两边横长。头顶的天还是一样高，脚踩的地却有些沉了，四方台也因她横长的肉变窄了，身上的戏服也有些紧了，脸上的彩妆也裂得快开了。观众都没了，可她仍在演着木偶戏，庆祝自己的成人礼。

四方台的门虚掩着，她却分明看到远方的雾岭。她看到自己趴在那口大缸里，看到自己的脸掉了进去，溢出了满缸水。她用一缸水清洁自己的脸，多像出水的荷叶，蜻蜓经过都不知道该点哪滴水。大缸里孵化了月亮，她看到天上月带着饱满的星子在水中化作莲蓬。

"妮儿，别贪玩了，快来食饭。"她听到父母在喊她，她转身跑进屋，用自己小小的屁股填满了第三张空椅子。

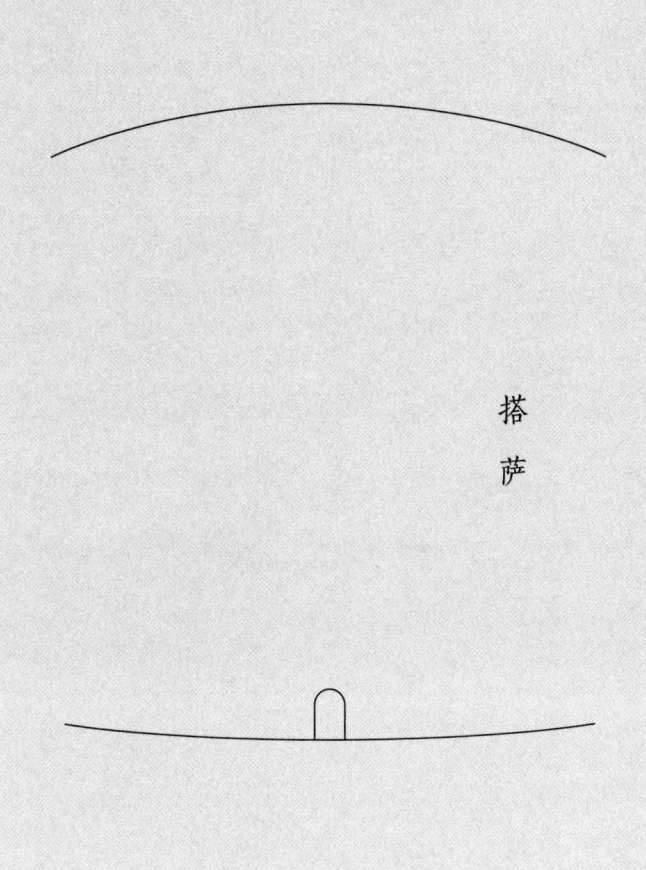

搭萨

A面

农民最宝贵的有两样，一是力气，二是后代。我爹年轻时，力气不缺，独缺老婆，没有女人瞧得上他这个寡妇的儿子。他干活从不省力气，两百斤的谷子只要歪下头，就能轻松挑上肩。重物在肩，累的也不是身体，而是脚下的路，那条黄泥路被我爹踩怕了，动不动就罢工。我爹就在上面铺石头。每块石头在地上你咬我，我咬你，脚走在上面不再往下沉，也不松动。我爹就说，这条路的牙口变好了。

这条黄泥路通往灯下。灯下是个地名，之前没通电，的确有点儿"灯下黑"，后来竖了几根电线杆，家家户户都能用上电后，就不黑了。电线上不能站人，但却能站燕子。燕子不会触电，在电线上站了三只。我爹远远望过去，就像兴字头上那三点，而我爹的双脚就成了这个字的下面两点。人与燕通过一根天线都变得"兴"高采烈起来。

我爹现在肩上挑的不是谷子，还没到收割期，他挑的是石头，是拿来做地基的石头。采石场在野猪坡。我爹决定分家后经常从这里搬石头。他跟母亲和我大伯大伯母住在一起，家里早已住不开了，三十几岁仍要跟母亲挤一张床。于是他就跟他哥说："我要盖房子。"

我爹盖房子没有经验，他不像别人有父亲给他撑脊梁骨，一切都要摸着石头过河。他不知道盖房子先要选址，要求高点的还要请人看风水，就先把石头挑回来了，没地方放就暂时放在我大伯家门口。大伯母进进出出不方便，脸就拉得驴长，每到饭点就用胳膊肘捅她丈夫，让他和我爹说说。无奈我大伯磨不开脸说。我爹照旧每天出去挑石头，在路上遇到发小梁松源，便停下来给他散烟，也顺便歇歇肩膀。梁松源吸了一口烟，往地上吐出半根烟丝，就问："荣佬，你盖房的地址选好了吗？"我爹的名字里有个荣字，客家人的习惯是，一个男人不管大小，都喜欢从名字里摘出一个字跟"佬"连在一起，于是我爹就这样年纪轻轻被人一口一个"佬"叫着，不过他并不怕自己被叫老了，反而对这种称呼方式很受用。

"冇有呢。"我爹说。

"冇有你挑什么石头，就不怕便宜了别人？"梁松源说。

梁松源的担心不无道理，我爹回到我大伯家，真发现这么多天挑回家的石头都被人挪用了。挪用的人正是在饭桌上不声不响的哥哥，我爹这才知道不说话的人最可怕。堆成小山的石头全被铺到了院里，有好些还拿来码猪圈。我爹矮下肩膀，把竹筐放到地上，就去找他哥理论。我大伯很抠门，吃饭抠，抽烟也抠，抽烟喜欢抽一半，把另一半留到下次抽，别人休想从他身后捡到烟屁股抽。我爹在厨房找到他哥，我大伯正在抽烟，一边抽一边留意有没有抽到一半，看到差不多了，就拿起剪子，把烟剪了，烟灰夹在了剪子上，再把剪刀淬到水里，捏掉冷却的烟灰，把剪刀放回原位，另一半抽剩的烟放到人中嗅上一嗅，怕烟丝会漏出来，又在自己的手心把烟敲上一敲，看烟丝抱紧了，这才敢把它仔细地放到衬衣口袋，放完后还要用手拍一拍，生怕被人看到抢去抽了。

"你怎么把我的石头都用了？"我爹允许他哥用他的石头，哪怕没事先跟他商量也行，因为他觉得这些石头有很多，用上几块损失不了什么，可没想到他哥胃口这么大，一下子全用光了。我大伯用自己的东西很省，可用起别人的东西却很阔绰。

"用不得？放我家门口的石头当然是我的。"我大伯从厨房提了一个桶出来，桶里装了滚烫的开水。我爹在热气中觉得他哥的脸有些不清楚，就把眼前的热气用手挥走，终于看清他哥把一只刚杀好的鸭丢进桶里烫毛。我大伯一边烫鸭毛，一边用手指去摸耳垂，接着就把烫好的鸭子拎起来，放到石阶上，蹲下来拔毛。石阶被泼过很多脏水，上面长出了青褐色的苔藓，不留意会脚滑。我大伯拔完鸭毛，又给鸭子剖腹，把里面的内脏抠出来，可是误把肝边的胆囊弄破了，连忙用水冲洗墨绿色的胆汁，可是闻着还是有股苦味，只好愤愤地把鸭肝丢了喂鸡。

"我挑回来的，我要盖房子。"我爹想帮他哥杀鸭子，可是挤不下去。我大伯把整只鸭子夹在脚下，生怕我爹拔了一根鸭毛，在饭桌上就会多吃一块鸭肉。

"盖房子哪有这么容易，你去哪盖？"我大伯和我爹的发小梁松源想到一块去了。我爹从台阶上下来，背着他哥眯起眼睛，望了一眼不远处那片油菜花盛开的菜地，说："我们家那片菜地可以盖。"

"你可别忘了，这片菜地也有我的一半。"我大伯说。

"你要这么说，你盖这房子的地也有我的一半。"我爹说。

"对啊，这么多年没让你住吗？"我大伯说。

"大不了我的房子盖好了你也可以来住一住。"我爹说。

我大伯有房子住，不需要寄人篱下，刁难我爹盖房子没别的原因，就是看不上他分家。我爹是个壮劳力，分了家我大伯就会少个顶梁柱，以后我爹赚的钱也没这么好拿，他会自己收起来，搞不好很快会娶上老婆，负责他家的财政大权。先盖房，后娶妻，几乎是"北风无露定有霜"一样的规律。十个男人有九个都是这样过来的，我大伯本人也不例外。我大伯知道挡不住我爹盖房，但还是想使绊子，说："要盖也行，但那片菜地你只能用一半。"

我爹一听，牛脾气上来了，说："好，那你家的房子我也要分一半。"那片菜地有一百来平方米，去掉一半盖了房他一个人当然也能够住下，可要结了婚生了小孩就不够住了。

"真是没良心的黑狗。"我大伯起身轰走一只过来流哈喇子的狗，轰完也没有蹲下来把鸭子斩成块，而是丢到桶里气冲冲地回了厨房。

"你也别指冬瓜骂葫芦。这房子我盖定了。"我爹拿上竹筐继续去挑石头。这回他没再把石头往他哥门边放，而是挑到了临街那片菜地上。油菜花被压在石头下，可是黄色的花朵仍然从石头缝里钻出来，去招惹蜜蜂。

我大伯母去这片菜地里拔菜，看到好好的菜全被石头压坏了，就叉着腰隔空骂人，一边骂还一边把石头搬走，可她力气弱，搬不动，远远看到我爹挑着石头过来，就跑过去挡路，不让他继续在菜地上堆石头。我爹穿着短袖，身上全湿了，曲臂非常紧实，肩膀也很宽，就是矮，劳力者只能横着长，不能往上长。

我爹不敢撞嫂子，放下竹筐，说："大嫂让一让。"我大伯母说："你把我的菜压坏了知道吗？"说完还把刚拔的萝卜给他看，都是伤口。我爹有些不好意思，说："多少钱我赔。"我大伯母意不在此,她也不同意我爹另起炉灶,但不像我大伯说话那样直接,她说这片菜地风水很好,在这里盖房会破坏村里的风水。

我爹一时没了主意,那几日都有些打蔫,找不到人商量,就想起了发小梁松源。梁松源正在家里待客,不年不节家里也来了很多客人,只因今年轮到他负责"扛菩萨"。这是客家人的风俗,几乎每个村都有,每姓轮流扛一次菩萨。"扛"是字面意思,即把菩萨从庵庙里扛出来放放风,绕着全村走一遍。条件好的村子还会把菩萨扛到别村,让别的村子不能求神拜佛的人也能沾沾光。扛的菩萨没有严格规定,视每个村的具体条件而定,富裕村就扛多子多福的观音,穷村子就扛财神爷,村里出海多的就扛妈祖。今年刚好轮到梁松源。他叫来几个菩萨研究专家,这些专家都上了年纪,须发皆白,眉毛又粗又长,颧骨竦峙,脸上凹陷,挂不住肉,但眼睛却颇为有神,谈起菩萨更是兴头十足。不同的专家都选自己研究领域的菩萨,谁都说服不了谁。梁松源见这么下去浪费时间,就站起来给这次会议定调子:"最好结合村里的情况选。"村里目前有许多情况,比如路还没完全硬化,进城一趟不方便,不但车胎累,人也累;还有许多青壮年没娶老婆，每到农闲这些光棍儿就扎堆打牌喝酒，影响很坏；再者就是房子也不够，还有许多兄弟没分家，住在一起，每天早上几乎都能听到妯娌之间因为一点儿鸡毛蒜皮在互相谩骂。

我爹没进去之前，道路和光棍问题是讨论重点，甚至连相应的菩萨都指定好了。前者是五路神，哪五路？东西南北中是也，打通了五路，财富便能五路齐进；后者便是红鸾星君，此君曾一度流行于中原地带，后因战乱被五姓七望带到了江南乃至闽地，一直是客家人虔诚祭拜的众神之一，至今香火不绝。但梁松源一看到我爹，就想起了居住问题，又从我爹一个人的居住问题想起了村里其他人的居住问题，于是就一锤定音把这次要扛的菩萨换成了保家仙君。传说此君能看家护院，虽然跟我爹目前的需求有所出入，不过至少跟家宅有关。

专家们走后，我爹留下来跟梁松源谈心，毕竟保家仙君不能真的给他一个家，他能不能顺利盖房子还是要看人。梁松源听完有些为难，他只能管诸神，管不了人心，按理说我爹盖房子，他哥应该鼎力支持，因为这对我大伯也有好处，从此不用再住得这么挤，甚至往后兄弟俩还能轮流照顾我奶。可这么好的事我大伯偏不肯干，因此梁松源就认为我爹盖不了房对我大伯好处更大。一问，果真如此，我爹这几年出卖力气赚的钱全被我大伯以长兄如父的名义扣下了，说是等我爹将来讨老婆的时候再拿出来。现在我爹准备盖房讨老婆，钱却像被螃蟹夹住了，半张也抽不出来。

"我也没多少余钱。"梁松源没再给我爹倒茶，似要逐客，"立秋还要扛菩萨，一大堆要用钱的地儿。"

"放心，不是来找你借钱。"我爹把杯中剩茶饮尽，"你主意多，是让你帮我想个法子，看看能不能先打上地基？"

"对，打了地基，你哥嫂也就没话说了。"梁松源忙给我爹倒满茶，"不过你最好趁晚上打，我怕白天有人搞破坏。"

经梁松源一番指点，我爹心里有了把握，他不再跟他哥嫂起正面冲突，还主动帮忙做饭洗碗。我大伯以为我爹不再分家，饭桌上脸色就好看了许多，还会把肉菜主动推到我爹面前。

我爹熬到晚上，待其他人都睡了，忙从地上起来。他这么大了不合适再跟母亲睡在一张床上，多年来都是打的地铺，让母亲一个人睡在床上。遇到夏天，半夜还会起来帮母亲把蚊帐掖好，防止蚊子钻进去，可是白天醒来自己胳膊上却全肿了。我爹把拖鞋拿在手里，踮起脚尖走到门口，不是一次性关门，而是一寸一寸关，毕竟这扇木门力气使大了，旋转的户枢就会像在掰筷子，搞得全屋的人都能听到。

他拿上锄头摸到菜地。耳旁净是蛙鸣和流水声，天上的月亮很淡，像没描的眉毛。毗邻菜地的马路上都是深深浅浅的车轮印，我爹走在上面深一脚浅一脚，几次差点儿摔倒。月光照在石头上，石头看上去更白了，再透缝照在蔬菜上，油菜花、雪里蕻、小白菜、萝卜叶，全像被镀了一层银光。

我爹要盖三间房，地基就要打一个"目"字。他沿着菜地边缘掘土，把掘出的土用畚箕装了拿去填路。一个晚上干不了多少活，就像一个婴儿一笔写不出一个目字。他先写"目"这个字的第一笔"丨"，但即便只是一笔，掘出的土也够填平马路上的两条车轮印。掘完土，他用菜叶掩盖地缝，再走回去睡觉。现在走在路上，由于地平了，他的脚步也稳当了，心也不再摇晃了，再看额上月，躲在枝丫间，似乎描了一道粗细适宜的冒烟眉。

这晚剩余的时间，他睡得很沉，他把夜晚掰成两半，一半拿来盖房子，另一半拿来睡觉，不敢熬夜盖房，怕耽误第二天的农活。可第二天他比平时醒得更早，吵醒他的不是打鸣的公鸡，也不是下床不小心踩到他的母亲，而是歇斯底里的嫂子。他爬起来打开窗，发现嫂子在菜地里哭哭啼啼，手上拿了一根还带叶的萝卜，夏至的日头真毒，这么快就让拔出的萝卜蔫了吧唧。

"到底哪个杀千刀的这么乌心肝啊？"我大伯母的哭声引来了晨起的人围观，"不仅偷我家的菜，还挖我家菜地的土。我好端端地在菜地里拔菜，没想到就掉进了一个死人坑里，这是盼着我早死啊。"围观的人都在笑。

我爹在窗前看到我大伯母身上全是土，早饭不敢吃就去田里给稻子刈稗草，还没刈多少，就饿得前胸和后背黏在了一起。这一饿，眼前就一黑，一个倒栽葱摔了下去，稻田里旋即飞出一群麻雀，叽叽喳喳地飞到了天线上，挡住了越来越烫的太阳。我爹没晕过去，他是没吃饭有点儿低血糖，仰面倒在了田里，看到天上的云像块铁一样沉，扭头看到稻田里有许多田鸡在捉虫，耳边隐隐听到似有人来，脚步踩在晒干的田埂上，就像在用刀刮锅灰。这人赤着脚，戴着斗笠，怀里抱着一个饭盒，饭盒用布裹着，腋下还夹着一瓶凉茶，凉茶发黄，里面还有几片鱼腥草和茶叶。我爹看到了这双赤脚，小腿肚很粗，脚指甲不好看，小脚趾分成两瓣，好像被人切了一刀。这双脚停在了我爹面前，蹲下来打开饭盒，用调羹抠了一勺递到我爹嘴边。我爹张开嘴去吃，吃了几口活过来了，坐起来接过对方的饭盒，把头埋在饭盒里吃。

"吃慢点，别噎着了。"给我爹送饭的是我奶。她拧开瓶子，让我爹饮口凉茶。

我爹放下饭盒，抱着瓶子仰脖喝茶，喉结像弹簧一样，张弛有度。吃饱喝足，我爹完全活过来了，他捡起地上的镰刀，继续刈稗草。青黄色的稻田里落下了几只灰麻雀，我奶扔土块去驱赶，可是不敢丢到稻穗上，怕打落稻穗，少收粮，只敢把土块丢到田埂上，但吓不跑那些麻雀。田埂旁插的稻草人也吓不跑它们。这些狡猾的麻雀除了鸟铳和弹弓，什么都不怕。

"回去跟你嫂子认个错。"我奶说。

"家里怎么样了？"我爹问。

"闹了一上午了，谁劝都不好使。"我奶说。

"阿姆，你年轻时也这么难吗？"我爹问。

"都难，我们就是这歹命。"我奶说。

"我不服气。"我爹说。

我爹打小就不服气，不服气他的成绩比别人差，不服气他没爹会比别人过得孬，总之就是各种不服气，可是生活专治各种不服气。他读书不能一门心思，因为还要干农活。他总是被学校的小混混欺负，因为他没爹给他壮胆。生活的好赖全是对比出来的，跟他相反的是发小梁松源，他读书时能一心一意不用干农活，也没混混欺负，因为家里老子没死。两人的差距越来越大，梁松源如今盖了两层楼，楼上楼下都有卫生间，每间房都装修了一遍，进去要脱鞋，墙上的瓷砖比抹了发蜡的头发还亮。老婆也娶得好，说话轻声细语，见人还会脸红，但下厨却不比男人差，一个人就能做出七碟八碗，还很可口，不咸不淡，吃过的人准保忘不了。

"为什么爹就不能长命一点？"

"恶病谁也冇法子。"我奶早就习惯了守寡，她现在就盼着我爹能早日讨老婆。我爹耽误的时间太多了，三十了还没结婚，再拖下去，这一辈子就拖没了。

"阿姆，你先回去吧，我再干一会儿，看这鬼老天又要落雨了。"

"你先放放。"雨还没落下来，我奶就把头上的斗笠拿给我爹戴，自己则用裹饭盒的布包头，还把瓶子里剩下的凉茶喝完，接着把嘴里的茶叶渣啐出来，"你是不是忘了今天有人要给你说媒？"

"我没忘。"我爹依旧弯腰刈稗草，今年稻穗的结实率比不上往年就是因为他还不够勤快，"房子都没有，到时让人住哪啊？"

"荣佬，你是不是嫌弃对方？"我奶一急也跟别人一样，喊我爹荣佬。我奶在家里从不跟我爹多说话，怕隔墙有耳，话一出口就被人偷听了去。但在这个四下无人、只有麻雀啄穗的田野里，我奶却跟我爹滔滔不绝地说起了话。

"我没有资格嫌弃她，我是怕她嫌弃我。"我爹说。他看过相亲对象的照片，人长得不赖，笑起来有酒窝，有个屁股沟下巴，有学问的叫欧米伽下巴或者美人沟，还有美人尖，很像挂历上的香港女明星，一头大波浪，估计很费梳子。按理说这么漂亮的女人轮不到我爹，可偏偏聋哑，用写在空气里的文字与人沟通，即手语。每个人第一眼见到她都会舍不得挪眼，可一旦知道她聋哑又马上溜了，就像被马蜂撵着跑一样。照片背面写了她的名字和住址：刘丽华，家住文光村。其父是个多面手，听说插秧、编竹筐、写毛笔字都有一手。刘家是个真正的半文半农的耕读世家。照片背面的"刘"字是卯金刀的繁体，但"华"字却又是简体。我爹拿着照片寻思了半天，觉得高攀不起，但听到媒人说身有残疾时，又觉得自己配得上对方了，因此就决定要分家盖房子。

"那就好，快别干了，媒婆在家要等急了。"我奶把我爹强行拽走，回到我大伯家，没看到媒婆，茶几上也没沏茶。我奶喊了几声，看到媒婆从院子里的茅坑里捏着鼻子出来，见到我爹，过来捏了捏他的胳膊，硬得像块秤砣，说："你们家真不醒目，连杯热茶都没有。结实是结实，就是个有点矮。"媒婆说话爱打哑谜，我爹十有八九猜不着，我奶作为过来人也只能猜出五六分。我奶这时就问："对方嫌我儿矮？"媒婆挥了挥手帕，说："这里不是说话的地儿。"说完带我爹我奶走到马路上。路上停了一辆三轮车，两个后轮刚好能放到车轮印里，前轮却只能放到平地上，因此这辆三轮车看上去就有些后低前高。

"你也要去？"媒婆喊我奶下来。我爹我奶坐上车后，车头翘得更高了。我奶下来后，我爹在车上才没再扶着车座，"一个人去就行，又不是定亲，别吓到人家。"

"我怕他一个人没经验。"我奶不情愿地从车上下来，眼睛都落到我爹身上，不舍得移开，"我怕他不懂礼数，怠慢了那姑娘。"

"有我啊。不然要媒婆干嘛使？"媒婆跨上去准备发动三轮车，发现后车胎有些不对劲，又下来查看。我奶冲我爹使了个眼色，我爹立即跳下来用手捏了捏车胎，发现没气。媒婆从车上拿出一个打气筒，看着是要亲自打气，但却把打气筒老往我爹面前递。

我爹接过打气筒，打了半天，车胎还是瘪的，媒婆低下头瞅到了针眼，忙把手帕从怀里掏出来，骂道："哪个杀千刀的把老娘的车胎刺破了，就不怕生孩子没屁眼吗？"旁边的菜地里突然传出扑通一声，媒婆赶过去，看到烂菜叶堆里有个窟窿。有个留着短发的女人从窟窿里探出头，摘掉头上和肩膀上的烂菜叶，看到媒婆，伸出手，觍着脸说："这位大婶子，好心拉我一把。"

"大妹子，你看到谁刺我车胎了吗？"媒婆问。

"刚才的确有几个小孩在那辆三轮车上。"对方说。媒婆把她拉上后，她低着头径直走开了，手里好像攥着什么，见了我爹也不敢看他。我爹喊她嫂子也装没听见。

"换个车胎吧。"媒婆的车上什么都有，哪怕车轮被人卸了，也能立马换过一个。媒婆说她虽能成人之美，不过也会遭人嫉恨，很多人相亲黄了就会变着法儿报复她，不是扎她车胎，就是给女方造黄谣。说媒这事哪有百分百成功的，也要男女双方看对眼了才能成，媒婆只是从中添把火而已，要想真正做成一道菜，还得看食材本身好不好。"媒婆难做啊，尤其像我这种认真负责的媒婆更加难做。"

我爹把车胎换好了，坐上车，挥手别离我奶。媒婆把三轮车往文光村开。我爹在后视镜里看到媒婆的口红淡了，描的眉眼也卡了粉，经日头一照，就有点像大红大绿的门神褪了色。

文光村在国道旁，往西是去镇上，往东是去县里，因身处城乡通衢之地，文光村的人眼界就有点高，看不上打西边来的小伙，只看得上从东边来的后生，从灯下来的人更是连瞅都不会瞅一眼。媒婆骑着三轮车载着我爹来到文光村，提醒我爹这里的人眼高于顶，没有她的同意千万不要随便插话，否则这门亲事很可能会黄。我爹从车上下来，帮她把三轮车停在村口的老槐树下。媒婆锁上车，走几步就去看车。

"放心，没人偷。"我爹说。老槐树枝繁叶茂，像擎了一把伞给地面带去了一片阴影。有几个上了年纪的老人在下象棋，他们干活可能没力气了，但在棋盘上每走一步都力大无穷，每个棋子都下得震天响。一旁围观的军师也是群策群力。村口还有一座巨大的牌楼，四个一人高的基座，立柱束以铁箍，柱顶覆以毗卢帽防风雨，壁面用黄绿琉璃砖嵌砌，庑殿式重檐，均置琉璃瓦，在阳光下反光，上书"文光村"三个大字。媒婆领我爹进村，我爹感觉树下所有人的目光都蛰在他身上，很想热情地跟他们打招呼，可是想起媒婆的话，又生生把话给咽下去了。一个小孩赤脚从树下跑过来，凉鞋抓在手里，风一般地赶到我爹前头去了。我爹看到前面掀起一股灰尘，媒婆在一旁奋力用手帕赶尘埃。

文光村比别的村小，但楼房却比别处盖得高，也比别处的房子漂亮，这个漂亮不是指这些房子装修奢华，而是指阳台上和屋檐下都种满了花花草草。我爹满目红花绿叶，似乎也没刚才那么热了。不知是这些花草刚浇过，还是地面刚洒过尘，我爹闻到一股尘土里夹带花香的异味。走了几步，刚才跑到我爹前头去的那个小孩又回来了。他过来帮我爹和媒婆带路："我知道你们要去谁家，我带你们去。"比起对外人有敌意的大人，小孩总是乐于助人。

"你怎么知道？"媒婆问。

"不用问我都知道你们去丽华姐家。"小孩说完还用两个大拇指碰到一起，那意思是指男女配对。

"小屁孩，好的不学净学坏的。"我爹说。

"这是手语，跟丽华姐学的，说不出口的话才能通过手语表达出来。"小孩说。

"丽华姐最近家里客人多吗？"我爹问。

"我知道你想问什么，你是想问跟丽华姐相亲的人多不多？告诉你，丽华姐也是很挑的好不。这段时间，只有你一个。"小孩说。

我爹来得急，没有带礼物，现在才发现自己两手空空，摸了摸裤兜，只摸出半盒七匹狼，还是最次的白狼。闽西的烟叫七匹狼，从高往低分别是金狼、银狼、蓝狼、红狼、白狼。去做客一般带金狼，自己抽都是红狼或者白狼。我爹想回去带上礼物再来。媒婆从兜里掏出一盒金狼给他，说："先借你撑撑门面，不过可要说好，要还的。"

"刘家没人会抽烟，带烟没用，你们还不如带本书过去。"小孩说。

"对了，我车上有本《知音》，你快去帮我拿过来。"媒婆说。

"我才不去，我爹说那是色情杂志，要是被我爹发现还不打死我啊。"小孩说。

媒婆只能带着我爹硬着头皮继续走，小孩用手指着一座老房子，说这就是刘家。我爹看到老房子裂了缝，上面的标语"只生一个好"的"好"字，就断成了"女"和"子"，其余地方皆用水泥打了补丁。飞鸟衔来的草籽在屋顶上长了草。走进院子，看到一棵桂花树，桂花树下是一张石桌，摆了四个石凳。媒婆带着我爹坐在石凳上等，支小孩进去通报一声。

"进去吧，我早跟丽华姐说了。"小孩说。

媒婆带我爹进门。新年过去了这么久，门上贴的对联还很新，上联是"门对千根竹"，下联是"家藏万卷书"，横批是"无竹不欢"。跟别人家的"财源广进"和"鸿运当头"的确很不一样。

"我有点头晕。"我爹没敢进去，手扶在墙上，又怕污了红色的对联，只好扶住自己的腰，"不然还是下回再来吧。"

"真是狗肉上不了酒席，瞧把你给吓得。"说实话，媒婆也有点发怵，她料想自己说媒的话术会在里面吃瘪，就想收敛自己满口的三骗经——何谓三骗经？这孩子是过日子的是指抠门；这孩子是个潜力股是指无房无车；这孩子一米七是指不到一米六五……俗话说十媒九谎，无媒不骗，搁别人，媒婆还能靠自己的巧嘴敷衍过去，可要遇到真人，她可就会全露了相。而且如今这三骗经还桩桩件件都指向我爹，这个叫荣佬的不但抠门，不然缘何连包烟都不带？而且无房无车，现在还跟哥嫂挤在一个屋檐下，更要命的是，个头还矮，媒婆就是脱了高跟鞋，也不见得没他高。于是这个在"爱情海"里沉浮多年的媒婆，就决定实话实说，甚至还要把好的也说成三分坏，就怕万一撮合成以后出了什么问题还回过头来找她算老账。

"进去吧，里面没狗，不会咬人。"小孩在一旁催促。

我爹与媒婆这才迈过门槛走进去，映入眼帘的不是摆了祭品的案桌和贴了福禄寿三星的墙壁，而是书架，里面摆放的线装书泛黄，书脊酷似客家人几乎顿顿吃的粉干。正中摆了一张圆桌，桌面垫了一张布，桌布很干净，没有一滴污渍。苍蝇也少见，没有看到捕蝇纸和苍蝇拍。地板刚拖过，我爹不太敢踩，因为他的解放鞋底下全是泥。

"来啦？"有人在说话。

"茂云公，他们到了，我把他们全领来了。"小孩说。

我爹往一旁看去，这才发现左手边坐着一个人。这人面前陈了一张茶几，茶几上倒了三杯茶，有两杯是专门为我爹和媒婆倒的，还冒着热气。小孩喝不惯茶，拿起茶几上的瓢钻进了旁边的厨房，出来后装了半瓢水。瓢很大，小孩不用仰起脖子喝，而是直接把脸贴在里面喝。喝完，小孩走出去，把剩下的水泼掉，回来把瓢放到原位，瓢自己在茶几上晃了一会儿，像极了不倒翁，小孩最后用手压着才没再晃，看到我爹和媒婆还站着，就大声叫道："坐啊，你们怎么不坐啊？"

媒婆先坐下去，坐在这个茂云公的右手边，两腿没有叉开，也没有叠在一起，而是老老实实地端坐着，双手还恭恭敬敬地叠到膝关节上。我爹后坐下去，他坐在茂云公的左手边，用手去拿茶杯，茶杯刚倒了热茶，很烫，我爹就想用指尖捏起杯沿慢慢喝，但又意识到这样没规矩，只好极力忍受着滚烫托着杯底喝茶。他和媒婆都没有说话。这个叫茂云公的也没有说话，就是那个话很多的小孩也没有说话，而且此刻又不知溜到哪去了。

没了这个活跃气氛的小孩，这三人的表情就有些生硬。

"小女的条件想必你们都了解了吧。"茂云公开口说话了。他长得不像文人，因为没有戴眼镜，也不像农民，因为身板瞧着不像，椭圆形的脸，眼皮有三层，鼻子像一根翘起来的大拇指，又长又挺，鼻孔里没有鼻毛探出来，下巴刚刮过胡子，也有个美人沟，头顶不知是自然秃还是刚剪过，反正一根头发都没有，又光又亮，不像铁青的下巴。我爹趁他说话，才敢去看他，看了一眼摸不准这个人的脾性，就想再观察观察。

"了解了，小姑娘长得很俊。"媒婆深知到什么山唱什么歌的道理，虽然进门前决定要坦白一点，但这个坦白其实并不包括女方。再说，刘丽华的确长得不赖，她可没有说假话。她恭维完女方，没想到职业病又犯了，把我爹这个男方也狠狠地吹嘘了一通，见茂云公脸上没有任何表情，这才发现自己情急之下乱了阵脚，打破了事先定好的策略，就想往回找补找补："荣佬从小没爹，现在跟他妈和哥嫂住在一起。"

"是吗？"茂云公问。

这一问就同时问住了我爹和媒婆，两人都不知道他什么意思，到底是对我爹在媒婆口中那些堪比圣人的优点有疑问,还是对我爹从小无父这点有所疑虑。我爹这时就迫切希望那个小孩能帮他解围,可是这个小孩到现在还没出现,抬起头看了一眼旁边挂的草珠子门帘,希望那个小孩能把这个门帘掀开,弄出落大雨一样的声响,然后像只落汤鸡一样从里面钻出来,大声告诉他:"嘿,你瞧怎么着?丽华姐对你很满意。你走狗屎运了。"可是那个草珠子门帘迟迟没有动静,正坐得头皮发麻,心里打鼓,没想到那个小孩从另一边的房间里钻了出来。这扇门上挂的是竹帘,小孩掀开竹帘从里面出来的时候,我爹就像看到电视里的孙猴子扯开水帘洞只身飞出来的样子。

小孩没有说话,而是用手示意我爹过去。我爹看了一眼茂云公,他还在跟媒婆不咸不淡地硬聊着,没有注意到他。我爹来到小孩面前,小孩冲里面努了努嘴,我爹不解其意,小孩一看就急了,说:"丽华姐在里面。"我爹一听,下意识就往后退,退了几步又想往里闯。小孩拉住他,说:"别急。"然后又钻了进去,我爹把耳朵凑到竹帘上,没听见里面有说话声,反倒是飘动的竹帘打疼了耳朵。

过了一会儿,小孩出来了,喊我爹进去。我爹却站在门口不动了,像种在了地上。小孩急道:"没请你就往里闯,请了反倒不敢进了,真是怪人。"我爹把小孩拉到一边,伏低脑袋轻声说:"我不会手语怎么办?"小孩听完,抬起头,瞧了一眼我爹,说:"放心,有我在,你可别嫌我是电灯泡啊。"我爹一听松了口气,抬脚看了看鞋底,在地上蹭了蹭,然后随小孩走了进去。

说实话,我爹第一次见刘丽华不是用眼睛看的,因为我爹全程不敢抬头看她,第一次见也不是用耳朵听的,因为刘丽华不会说话。他们之间第一次见面无声且无形,比互相看照片还要失真。他们之间第一次能顺利见面全靠那个小孩,这个小孩把我爹领进去后,就跑到刘丽华身边,用手语问她有什么想问的,然后又把对方的问题口述给我爹。

"丽华姐问你今年多大了?"小孩说。

我爹吞吞吐吐不敢说。

"丽华姐听不到,你大声说出来。"小孩说。

"我今年三十二了。"我爹说。

我爹低着头看到小孩的鞋子走开了,然后又看到鞋子回来问我爹叫什么名字。

"我叫林荣传。"我爹说。

小孩过去用手势比出我爹的名字，无奈小孩对手语尚处于学习阶段，"林荣传"这三个字他还比不出来，便跑到客厅拿来纸笔，打算写给刘丽华看。在小孩出去的间隙，我爹发觉自己像被人用胶带缠住了，不仅脑袋和四肢不能动弹，连心脏好像都不跳了，好在他的嗅觉还没有失灵，他后知后觉地闻到了一股雪花膏的味道。我爹在香气中鼓起勇气，打算看一眼刘丽华，可是却不敢直接抬头看，而是把脑袋慢慢地抬起来：他先是看到被自己踩脏的地板，然后看到垂到床畔的蚊帐，接着看到了一双自然放到大腿上的双手。正想看清对方的脸时，那个小孩突然掀开竹帘闯了进来，闯进来后扬了扬手中的纸，说："我不会写你的名字，我让茂云公写了，你看是不是这三个字？"说完把纸递到我爹面前，我爹第一次发现自己的名字也可以很好看，假如能用柳体或者别的什么体写好的话。

我爹点了点头。他在想自己的名字被刘丽华念出来会怎么样，可惜她不能说话。小孩见名字没写错，又拿去给刘丽华看，刘丽华颔首微笑，接着双手紧紧握拳，在胸前上下微动，再用手指了指我爹。小孩一看，大声问我爹："丽华姐问你怎么这么紧张？"我爹一听，心里更慌了,这一慌就把脑袋昂起来了,刚好与刘丽华四目相对。即便只是蜻蜓点水般短暂的一眼,也够我爹看清楚刘丽华的样子了。五官和照片上差不多,就是头发不像,照片上的头发是大波浪,现实中却看不出是不是大波浪,因为扎了辫子。不过头发是一个人身上最毫末之物,像不像、有没有都无关紧要,只要模样一样就行了。

我爹感到很满意,这一趟没有白来。他喊小孩过去,悄悄问他:"她对我感觉怎么样?"小孩扭过头看了一眼刘丽华,又把头转过来,说:"你说话大声点,不用说悄悄话,丽华姐听不到。"我爹急道:"她对我可还满意?"小孩没有回答,不知是刘丽华还没有表态,还是有别的原因,总之我爹没得到明确的答复之前,只能继续像只热锅上的蚂蚁。

媒婆在竹帘外说话:"荣佬,差不多了,先回去吧。"我爹用手掀开竹帘,从里面出来,放竹帘的动作很轻,出来后终于敢抬起脑袋了,因在里面垂头有点久,他发觉自己的脖子僵住了。他不敢揉搓发酸的脖子,而是去看茂云公的脸色,刘丽华没有表态,或许可以从她爹脸上瞧出端倪,可是依然看不出个所以然来。

媒婆领我爹出去,小孩扒在门口,说:"欢迎再来。"

我爹回头问他："你怎么不走？还要留下来食饭吗？"小孩说："我为什么要走？"我爹问："你究竟是谁？"小孩说："刘丽华是我姐，你说我是谁？"我爹说："原来你是我的小舅子。"小孩说："刚在里面一棍子打不出一个屁来，现在又能说会道了，信不信我到我姐面前告状，说你是二郎神的兵器，两面三刀。"我爹求饶道："可别，我逗你玩呢。"

媒婆在前头催促："荣佬，刚才你要是嘴甜一点，会来事一点，说不定这事不用我这个媒婆就成了。现在跟一个小屁孩瞎聊这么起劲干吗？还不快走。"我爹回过头跟小孩招手告别，然后追上媒婆，问道："怎么样？你和茂云公聊得怎么样？我们的婚事定在了什么时候？"

媒婆白了我爹一眼，啐道："我看你是太阳地里望北斗，白日做梦。"我爹佯装生气道："没想到你这个媒婆也会阴沟里翻船，不过不怪你，谁都有失利的时候。"媒婆急眼了，说："我也没说不成。"我爹凑过去问道："那就是成了？还是要你媒婆出马，一个顶俩。"媒婆走得很快，好像还要赶去说另一桩媒，走到村口那棵大槐树下，才腾出工夫回答我爹："我也说不好成没成，我跟那个茂云公也没说多少，净往肚里灌茶了，现在一走路肚子就像酒瓶一样晃。"说完看我爹不见了，扭头一看，发现我爹居然凑到了树下的棋局中，此刻正给楚汉两方支招："拱卒，拱卒，支士，支士。"媒婆跑过去，觑了一眼棋盘，发现黑棋的卒一过河就被吃了，红棋的士一冒头就被将军了。楚汉双方都在埋怨我爹，我爹发觉情况不妙，拉着媒婆偷偷溜出了人群。

"到底成没成啊？"我爹又问了一遍媒婆，发现媒婆急着出来，不是因为尿急，而是担心三轮车被偷了。

"不好说，我把不好那个茂云公的脉。"媒婆正给三轮车解锁，还检查三轮车有没有少一个车轱辘。车轱辘倒一个没少，就是坐垫被铺了一层报纸，拿掉报纸，摸了摸坐垫，发现不烫，抬起头看了一眼西移的太阳，得亏这张报纸，才没让日头移动之时见缝插针晒烫坐垫。

"这世上还有你媒婆看不准的事？"坐垫不烫，可我爹坐的地方却烫屁股。他朝媒婆要来那张报纸，看了一眼，发现一条"男方入赘惨遭碎尸"的社会新闻，屁股底下在冒烟，感觉像是拿了个放大镜在聚焦正午，来不及细看，就把报纸垫在屁股下。

"按照我之前的经验，要是不满意就会借故送客，要是满意就会商量订婚事宜，可是刘家既没送客，也没商量何时订婚，有文化的人还真是不一样，同不同意不直接说，要让人猜。"

"嗯，我也没看出刘丽华到底什么意思，我知道她不会说话，不能用嘴说出来，可是脸上也看不出来。这对父女真怪，还有那个小孩，我感觉是事先派来观察我的。要是我刚才表现好一点就好了。"

两人分别说完，又同时说了一句："刘家真是属棉花的，话砸在里面连个响都听不见。"三轮车拐了一道弯，我爹抓牢了护栏才没有被甩出去："开慢点，赶着去投胎不成？"

"你下车吧，我还得赶下一场，刘家要有消息我第一时间通知你。"媒婆一个急刹车，停车喊我爹下来。我爹从车上跳下来还没站稳，就看到三轮车急急开走了。车上那张报纸飘了起来，我爹跟在报纸身后，因为报纸飘的方向正是回家的方向。

我奶那天没心思干活，她捏惯锄头，冷不丁没捏锄头，手就一时没地方放。她浪费大好时光不干活，不是因为想偷懒，而是迫切想知道她的满子相亲相得怎么样了，因此就遭到了长子和儿媳的白眼，吃午饭的时候菜没味，饭里也吃出了沙子。可我奶却不介意，仍一边吃饭一边留意门外的响动，可是门外经过的人都不是她肚子里掉下的那块肉。我奶平时饭量很大，一顿要吃两碗冒尖的米饭，可这天她却吃了半碗就饱了，也不怕被长子儿媳骂浪费粮食，就跑了出去，跑到了大路上。电线杆在大路旁挡住了她的视线，麻雀站在电线上吵得她耳聋。她只好走过去，把电线杆撂到身后，手搭凉棚去看那条消失在电线尽头的马路。

马路上都是从县城、从乡镇、从别的村庄回来的人，这些人我奶大都认识，平时见了都会问他们"吃了吗"，可今天我奶却不关心他们吃没吃，她今天只关心她的满子。满子还没回来，他准备要盖房讨老婆的菜地却被人祸祸了。祸祸的人就是她的长子和儿媳。他们一个把菜地里的石头搬到路上，用榔头敲碎了拿去填路，一个重新在菜地里种菜籽。我奶跑到长子面前，说："你不能这么作恶。"我大伯没理她，依旧搬石头填路。我奶又跑到儿媳面前，说："这菜种了也白种，长不出来，这里要拿来盖房子。"我大婶剜了一眼我奶，骂道："吃完连碗都不会洗，要你有什么用？还不如养条狗，起码见了主人还会摇尾巴。"我奶不生气，她跑回到大路上，现在只有等她满子回来，盖房子的地才能保住，可是天都快要暗了，我爹仍没回来。

我奶急得掉了泪，抬头一看，发现天像一张棉被盖住了她的头，她什么也看不见了，好在看不见还能听得见。她听见了满子的声音："阿姆，你在这做什么？"她又看得见了，原来盖在她头上的不是棉被，而是一张报纸。满子用报纸盖在她头上，现在又把报纸揭下来了。

"都什么时候了，还有闲心跟你阿姆逗闷子。"我奶说。

"发生什么事了？阿姆。"我爹把报纸折成一架纸飞机，给机头哈了一口气就往前丢去。纸飞机飞到了菜地里，折了翼。我爹追着纸飞机跑到菜地里，喊道："住手。"

"我教你一个方法能马上讨到老婆。"我大伯捡起那架纸飞机，拆开看到了那则社会新闻。

"什么办法？"我爹问。

"当上门女婿。"我大伯说。

讨老婆之前先要盖房子，有了房子年纪哪怕大点也无妨，我爹人到三十才想到分家单过，可是好像一切都晚了，他在二十出头的适婚年龄没有为自己当家做主，如今到了这个岁数再想重打鼓、另开张就有些勉强了。拦路虎并非他的年龄，而是与他一母同胞的兄弟。我爹没想到他会遇到这么大的阻力，而且有形无形的阻力同时到来，前者是哥嫂不让他在菜地里盖房，后者是他如今还不知道刘丽华的态度。在这种局势不明的情况下，我大伯却偏要我爹去入赘，还说入赘就能解决一切问题，说不定兄弟俩又能回到之前兄友弟恭的局面。

还别说，我爹真有一段时间在审慎考虑这个建议。我奶知道后，就把她的满子叫到大路上，说："听说你要当上门女婿？"我爹看了一眼旁边的菜地，菜地里的石头被搬完了，重新栽下去的菜籽长出了嫩芽，过几天就能摘来下锅了。我爹把视线从菜苗上收回来，放到他那个忧心忡忡的阿姆脸上。他看到从未在生活面前露出难色的阿姆第一次愁眉苦脸，就安慰她说："阿姆，其实入赘也没什么，不入赘鸡飞狗跳，一入赘万世太平。"任何一个母亲不到迫不得已，都不会允许自己的儿子去当上门女婿，对我奶这么强势的女人来说更是如此。但她也清楚当今的形势强过人，因此她不能从续香火这点劝她满子，毕竟对一个男人来说，有个伴比延续香火更重要，而且入赘也没有真的断了香火，断的也只是林家的香火而已。既然"林"这个姓没给过他任何好处，还成为他娶妻生子的绊脚石，那么入赘刘家当刘荣传说不定是唯一的办法。

"你就没考虑考虑我的处境？"我奶最终决定打感情牌，抛弃如今还虚如月亮里栽桂树的香火论，从自身入手。假如我爸真的入赘了，最开始的确会被人笑话一阵子，不过时间一久，当生米煮成了熟饭，人们也就习惯了，我爹也很快会由别扭转为适应，毕竟人的适应能力非常强。倘如此，我奶才是那个最吃亏的人，因为她今后就会少一个儿子，当然她还有一个长子，她还可以跟长子一起生活。可问题就出在这，她的长子对她不好，现在她还有力气干活每天都会动不动吃瘪，过几年她没力气只能赋闲在家了，那还不被人挤对死啊。我奶似乎看到了自己凄惨的晚年，她觉得有必要让满子也意识到这点，遂强调道："你要入了赘我怎么办？你莫要指望你哥，他连房子都不让你盖，到时会这么好心给我养老送终？"

"阿姆，我哥也是你的儿子，别把他想得这么坏。"我爹觉得我奶有点夸张，我大伯只是见不得人好，但还不至于丧良心连自己的阿姆都不愿奉养，真要这样的话，他即便真的变成了刘荣传也会第一个不答应，"阿姆，安啦，我哥不是那样的人。"

"现在是不会，万一以后我病了呢？俗话说久病床前无孝子。"我奶希望我爹能正视这个问题，"反正一句话，你就是这辈子打光棍，都不能入赘，不然阿姆做鬼都不会放过你。"

"阿姆，你怎么知道我不是我哥，我会在你病的时候给你侍奉汤药？"我爹听到他阿姆的诅咒，心里有些不得劲。他不再去看他阿姆的脸，因为这时她的脸上不再是忧愁，而是多了一股狠劲。他相信自己假如当了上门女婿，他的阿姆在阴曹地府也肯定不会放过他，便只好强笑道："阿姆，就算我愿意，人家刘丽华也未必愿意呢，一件没谱儿的事犯不着挖空心思去想。"

本来只是盖房难，现在我爹头上又陡然多了两座大山，一座是阿姆的诅咒，一座是刘丽华的哑谜，加上盖房难就是三座大山。我爹被这三座大山压得渐渐喘不过气。他找梁松源求救，可这个发小最近都要忙着扛菩萨，抽不出空搭理他，见我爹每日在门外徘徊，就招手喊他进去，说："我知道你的难题，这么着，现在刚好是农闲，你来帮我扛菩萨吧，扛完菩萨说不定就不愁了。"

我爹没扛过菩萨，或者说林家没资格扛菩萨，因为这种活动需要人脉和金钱，林家两样都缺，既组织不起人手，也没香火钱能把那些菩萨从庵庙里扛出来巡游。我爹同意了，他觉得人解决不了他的难题，说不定菩萨真可以，于是那段时间都待在梁家帮衬。

扛菩萨有专门的扛夫，这些扛夫受过专业训练，很清楚每种菩萨要用多少人力，要花多少力气。听菩萨研究专家说，这种规定脱胎于古时候的当官品级，官越大，肩舆的轿夫越多，一般五品官多为四抬，三品以上的官员可乘八抬，再往上则更多。按理说菩萨并没有贵贱，但因为管的事情有轻有重，有缓有急，于是便也有了高低。一般而言，负责怀孕报平安的仙阶会比较高，用的扛夫也会相应多一点，求财和金榜题名的仙阶则低一点，用的扛夫相对也就没那么多。总而言之，和人命密不可分的就金贵一点，涉及仕途的就低贱一点——对客家人而言，不管在什么情况下，人命都是放在第一位的，在人命面前，升官发财、鲤鱼跃龙门什么的都要靠边站，因为没有人，这些都无从谈起。

此外，扛夫还要清楚每种菩萨的禁忌，比如扛了送子观音就不能经过家里夭折过小孩的家门口，因为据说这样会相冲，让观音娘娘的法力失效；比如扛了红鸾星君就不能经过寡妇家门口，理由同上……总之，这些木头桩子虽贵为菩萨，但也有自己管不到的地方。从这方面来说，菩萨跟人一样，只是专才，不能成为全才，本身也有极大的局限性。

梁松源本打算只扛一种菩萨,那就是早就定好的保家仙君,因为他曾一度认为人们的居住问题才是最大的问题。可经过我爹那事,他觉得居住问题只是表面现象,实质还是隔着肚皮的人心,因此他决定这次不是只扛一种菩萨,而是要一次性扛多种菩萨。他要让这些分别负责人们的衣食住行和给人希望的菩萨,能让某些人的心肝脾肺肾不要再这么黑。换言之,他要把菩萨当抹布,把某些人的黑心肠给擦干净。他这么做还有一个好处,那就是让众位菩萨研究专家都能满意。

B面

刘丽华天生不会说话,也丧失听力。她觉得自己就像草本植物,面对贵如油的春雨无法开口表达喜悦,也无法提前知晓春雨的到来,只能被动等待。刘丽华人生当中降落的第一场春雨就是我爹林荣传,假如她会开口说话,一定会羞于承认把一个男人比作春雨,因为这样不但显得不够矜持,用她爹茂云公的话来说,还有些土气。不过她既然被上天剥夺了说和听的能力,当然可以在心里把这个男人比作任何东西。藏在心里的秘密她可以随意处置,谁都无权干涉。

可是这场春雨下了一场就不再来了,她觉得自己当初看走眼了,这个叫林荣传的人当时不是因为难为情全程不敢抬头看她,而是嫌她残疾不愿意看她。她一个人待在房间里越想越乱,事情没成之前又不能跟父亲商量,只好再次走出房间,来到村口那棵大榕树下。她的弟弟在树下看人下棋,有人朝他努努嘴,说:"刘天启,你姐出来了。"这个小孩从人群里钻出去,用手语问她:"你怎么出来了?"

"我心里不得劲。"刘丽华用手语回答他。

"哦,我知道了,你是在想男人了。"小孩用手语取笑道。

刘丽华没有否认,在自己的弟弟面前,她觉得没必要藏着掖着。她的确想男人了,在想那个只有一面之缘的男人。

"你替姐去喊他来一趟。"刘丽华用手语说道。

刘天启不愿做任何人的传声筒。他年纪虽小,却很好面子,别人休想用小恩小惠使唤他跑腿。不过他却很乐意听他姐的话,上回还是他提前跑回家里告诉姐有个男人来了。刘丽华没见这个男人之前，就一直抱着他的照片在傻笑，刘天启通知她的时候，她手里还拿着这张照片，听到这个天大的好消息顿时慌了神，不小心揉皱了这张照片，事后还是用熨斗熨了几回才好不容易熨平。当时姐弟俩决定考验考验这个叫林荣传的男人，看看他是不是跟其他那些臭男人一样喜欢说脏话和动手动脚。考察一番下来，发现他很正人君子，孤男寡女待在一个房间，他也没有任何不轨之举。刘丽华很满意，但刘天启却吃了他爹的脑瓜崩，因为他竟把自己的爹刘茂云喊作茂云公配合他们姐弟演戏。如此一来，他爹就由父亲变成了祖父，辈分虽然大了一茬，但关系却薄了一层，因为祖孙没有父子亲。

"为什么不是他自己来？"刘天启现在脑门上还隐隐作痛，他虽然愿意替姐做任何事，但却觉得在感情这方面，主动的应该是男方，女方端一点也无所谓。现在上赶着，将来说不定会吃亏。

"我一刻都等不了了。"刘丽华自身筹码不多，假如她是个正常人，当然可以吊着男人，恰恰是因为她有残疾，所以才要抓住转瞬即逝的机会主动出击，而且还是在男方似乎也有意的情况下。既然是郎情妾意，就要尽快把此事落听，以免夜长梦多。况且她还认为在感情的世界里，从来不存在谁主动谁就会吃亏一说，倘若两人内心同频，究竟是男主动还是女主动又有什么要紧，只有掺杂了太多物质条件的感情才会有各种各样的算计。

"好，我去。"话虽如此，刘天启似乎有些为难。眼下虽正逢农闲，但他也一刻不能离开文光村，因为他爹刘茂云随时会找他，不是让他背唐诗——将来上学才能不落人后——就是领他一起上山篾竹。

"爹暂时没找你，算了，还是你陪我去吧。"刘丽华最终决定亲自去一趟，毕竟自己的感情要自己做主，假手于人或许会横生变故。此举并非嫌弃弟弟嘴上没毛办事不牢，而是怕他来回之间把话传错了，毕竟语言能沟通，也能设防，假如再经过一道手语，说不定就会让这座爱情高地更难攻克。

于是在这个艳阳天里，刘家姐弟出门了。他们没有坐车，而是腿着去。刘丽华的一头大波浪在烈日下像野蛮生长的藤蔓，走了几步嫌热又把大波浪绾起来，就像一捆扎好的铁线。刘天启穿着凉鞋，走在他姐前头，抬手去挡太阳，突然从他身后绽出一顶遮阳伞，扭头一看，发现竟是她姐提前备好的。

刘天启的身体还没正式开始拔节,比他姐矮,看到刘丽华需要照顾他特意把伞撑矮,脑袋还会时不时地撞到伞檐,就用手语比画道:"姐,我没事,你可以把伞撑高一点。"刘天启踮起脚跟,说他迟早有一天会比姐高。

刘天启走着走着,头顶的伞又突然不见了,他整个人暴露在太阳底下,像有把尖刀在刮他脑壳,再看地上,他的影子也被大太阳揉成了一个小小的线团,只有几小时后的夕阳才能抽出其中的线头,把他的影子越拉越长。他转头发现他姐不走了,落在了后面,手里擎的那把斑斓的遮阳伞像一颗没人采摘的蘑菇,便摸着脑袋走回去,用手语疑惑地问道:"姐,你怎么不走了?"

"走"的手语是颠倒的"耶"。可刘丽华眼下哪还笑得出来。

"我们忘了带礼物。"刘丽华用手语说道。

"礼物"的手语是双手食指互碰,同时分开五指,倒过来就是巴掌。做客不带礼物,就有打人巴掌之意。

"没事,我们只是去看看,最近灯下那里扛菩萨,去瞧瞧热闹也成。"刘天启用手语回道。

"菩萨"的手语是双手合十,置于胸前,低头做祈祷状。

刘天启看到姐姐仍似雨伞抽了把儿,没了主心骨,忙用手语安慰她说:"姐,别想那么多,灯下扛菩萨外村的人也会去,没人会注意到我们,只要姐你到时把脸遮起来就行。"

刘丽华没有随身携带手帕的习惯,她只能用伞遮挡,可这样一来,林荣传寄宿的地方也会相应被伞挡住,要想看清他住的房子,她只能把伞高举,这样一来,近在眼前的房子虽然看到了,可是她的脸也会被人看到。在文光村,刘丽华的美貌平平常常,可能是这个村的人看腻了,就以为所有女人大抵都长这个样。可在光棍扎堆的灯下就不同了,姑且不说刘丽华貌比天仙,哪怕她长得歪瓜裂枣,也会被这些年龄横跨几个代际的光棍儿垂涎。所以刘丽华这次不辞辛苦去看情郎,就好比用手榴弹捣蒜,危险极了。

姐弟两人还在往前走,前方有条分岔的小路,就像脚下这条国道的盲肠,直通灯下。走上这条小路,就会发现四周突然暗了下来,不是天黑了,而是右手边出现了一座山。山上的松树给路面制造了一片阴影。左手边则是一条潺潺的溪流,水中戳出了诸多硬币大小的漩涡。这对姐弟走到这时,手臂上不约而同地起了鸡皮疙瘩,此地的阴冷让刚才还置身骄阳底下的他们极为不适。再往前走几步,视野陡然开阔起来,一大片农田映入眼帘。

热浪在未硬化的黄泥路上痉挛,每走一步都会惊起小股尘土,好像这对姐弟的双脚是个烫红的烙铁,而这条黄泥路则像一条王锦蛇,正在烧红的烙铁下苟延残喘,即将一命呜呼。他们走得脑门直冒汗,尤其刘天启整个后背都湿透了,伞彻底失去了遮阳功能,刘天启不再走在伞下,因为他觉得如今打伞就像多穿了一件衣服,他宁愿直面太阳。

刘丽华也不好过,她现在每走一步似乎都要脱一层皮,而且还要随时关注自己有没有被晒黑,甚至几次想跑到溪畔用水敷脸。但刘天启却告诉她,晒了太阳沾水会黑得更快,甚至还会把皮肤当蛇皮一样蜕下来。刘丽华吓了一跳,任凭汗水遮住眼睑也不敢擦,怕用力过度把睫毛给薅秃了,好在她的睫毛比弟弟刘天启的长,可以盛下更多汗水,因此不需要即有即擦,而是等汗水在眼睑上蓄满了,再摇头去泄水,把眼睑留出来以待下一次汗水倾盆。然而,刘天启却没那么好过,因为他的眼睫毛短,每次汗水都直流而下,甚至手都来不及去擦,汗水就从稀疏的睫毛上漏光了。

"弟，你的睫毛没我长。"刘丽华用手语说道。

"姐，都什么时候了，你还有闲心臭美。"刘天启抹了一把脸，就像刚从水里出来一样。汗水浇到黄泥路上，存活不到半秒钟，旋即在太阳底下蒸发殆尽。

紧赶慢赶，这对姐弟终于来到了灯下。刘天启嘴比较甜，逢人就去问林荣传的家在何处。这人用手指了一片菜地，菜地上的菜好像挨了冰雹，说："这就是荣佬的家。"刘天启听闻忙扭头跟刘丽华用手语沟通："姐，不好了，林荣传真的没有房子，你嫁给他搞不好要睡大街。"刘丽华的心咯噔一声，让弟弟去问林荣传现在在哪。刘天启又去问此人，看到这人径往伞下望，拍了拍他胳膊，急道："您好，您知道林荣传在哪吗？"此人用手遥指一座山，说："在山上，山上有座庙，荣佬就在庙里帮忙。"

刘天启谢过此人，与刘丽华往山上走去，感觉身后有人在窃窃私语，回身一望，果然发现身后围了几个人在紧盯她姐的后背，忙示意刘丽华加快脚步。

这座庙叫诸神庙，意指只要是神仙菩萨，都可以进去歇歇脚。平时只有一些受冷落的菩萨，比如灵吉菩萨和土地公。相传前者在八大菩萨中法力最低，而土地公又曾放祟入宅，侵害夜哭郎，被判与鬼同罪，因此这两个难兄难弟只能搭伙过日子,被迫成为乐得逍遥的隐士。只有在扛菩萨的时候,才能享受到一些其他备受追捧的菩萨吃剩的香火,其他时间他们都是饮露餐风,把庙门前的松球当夜宵,早饭一般是肉鸽从庙顶飞过时屙下的鸽粪。诸神庙不远处就是那个野猪坡,也许是灵吉菩萨和土地公不满庙前门口罗雀,这才让这座山崖被豪雨削平,从此由四思崖变成野猪坡,也真的出现了野猪,遂让两位天尊打牙祭或将成为可能。

去诸神庙要经过四思崖,即现在的野猪坡。崖虽被削,但石碑还在,上面依旧能看清四思崖的由来:君子见利思辱,见恶思诟,嗜欲思耻,忿怒思患,君子终身守此战战也。典出《大戴礼记·曾子立事》。刘丽华看着被风雨侵蚀的石碑出神,伸手把爬到"君"字上的一只大头蚂蚁捏掉,然后转身望着山下:两根天线和一条黄泥路就像琴弦,把小小的灯下当成琴徽从中穿过。可是那个弹琴的人却始终没出现。刘天启在前方冲她招手,他的身后就是那座诸神庙。刘丽华握紧遮阳伞赶过去,闻到一股熏鼻的烟火气,庙门前还有成堆的鞭炮屑。

"姐,进去啊?怎么不进去?"刘天启在门里用手语问刘丽华。

"你先进去看看他在不在。"刘丽华在门外用手语回答刘天启。

刘天启跑进去了。刘丽华留在庙门前徘徊，她听不到一点来自里面的消息，只好把身子贴在墙壁上，慢慢往门内张望，还不忘用那把遮阳伞遮住自己的脸。突然有人从庙里跑出来，刘丽华慌得立马躲到伞下，可是却无人留意她。她擎伞站起来，发现从庙里又跑出一个人来，而且这个背影还似曾相识，内心就像一根蒲公英遭到了风吹，刚想跟过去，她弟刘天启就拉住了她。刘丽华回过头看到他弟用手语告诉她："庙里丢东西了，听说一尊送子观音被偷了。"

刘丽华："那怎么办？"

刘天启："没事，他们去找了。"

刘丽华："我看到他了。"

刘天启："那他看到你了吗？"

刘丽华："好像没有。"

梁松源怎么都想不到，临到扛菩萨，送子观音却会失窃。当来自各个庵庙的菩萨齐聚诸神庙后，梁松源和我爹一有空就会去帮祂们用湿毛巾或者鸡毛掸子勤拂拭，可是诸神庙风大尘多，松树更多，每天掉落的松针都像在给祂们做针灸，好让有心无力的祂们能够打起精神，为人们送去福祉。梁松源眼见于此，到处找人帮祂们重做袈裟，以重现祂们令极殊绝的庄严之身，然而找遍十里八乡，早已无人能做这种由珍宝、宝盖、幢幡和璎珞装饰诸佛菩萨的衫裤了。只好让妻子尽量找到与祂们的袈裟颜色相似的布料，打上补丁，摆在诸神庙里虽看不出异样，但只要日光从破瓦上照到祂们身上，准保能看到祂们的衣服颜色不一致。

解决了众菩萨的穿衣问题，梁松源又要解决祂们的吃饭问题。摆到祂们面前的祭祀品老是过不了夜，第二天过去一看，准会在地上看到被吃剩的各种水果：氧化的苹果只剩下核，杨桃被咬出了星痕，西瓜皮上还剩很多瓜肉……梁松源躲在菩萨身后蹲了几夜，都没发现到底是哪些熊孩子夜里进来偷吃祭祀品，最后只好把祭祀品白天摆出来，夜晚收起来：就辛苦诸位菩萨了，半夜忍一忍，夜宵将来有机会再孝敬。

众菩萨的穿衣吃饭问题总算解决了，可又出了一个更大的问题。这个问题就是祂们脸上的青蓝紫三色粉彩掉色问题。经太阳暴晒，祂们的粉彩就像剥落的墙皮。梁松源与我爹每次进去，鞋底都会踩到粉彩，再加上地上的烟灰和鞭炮屑，即便不是下雨天，路面没有泥泞不堪，也会踩出脚印，而且还是那种斑斓的脚印。每次看着这些脚印，梁松源的脸色就会很难看，好像有调皮的猪狗牛羊在刚修好的水泥路面留下了它们凌乱的足记。梁松源很清楚若想解决祂们的掉色问题，必先修葺诸神庙的屋顶，好在这个问题不难解决，只要架梯上去换一遍瓦片就行了，无法解决的是祂们脸上剥蚀的粉彩。跟祂们身上穿的袈裟一样，现在给菩萨脸上涂粉彩的手艺也失传了，梁松源又不能真的找几个泥瓦匠，用水泥石灰在祂们脸上抹腻子，这样不仅是在打他的脸，更是在打祂们的脸。倘如此，那么梁松源费劲扛菩萨的苦心就全白费了，哪个菩萨会保佑把穿不暖、吃不饱，脸上还素净的自己抬出去转圈丢人的善男信女？幸好，瓦片换完后，众菩萨脸上的掉色问题也相应得到了解决，虽然祂们现在看上去有点像少女第一次给自己化妆稍显拙劣，不过也能勉强说得过去，因为菩萨为人们的衣食住行操碎了心，所以脸上憔悴一点也很正常。

看起来所有棘手的问题都解决了，按理说梁松源可以安心等待扛菩萨那天的到来了，可是临了临了又出现了问题，还是那种救火没水的大问题。可以说这个问题比之前遇到的任何问题都要大——原来仙界和人世间遇到的问题都是层出不穷，而且一个比一个大。经过这段时间的左支右绌，梁松源终于像个裱糊匠补好了千疮百孔的破菩萨，但他仍不敢放松，因为过阵子就要正式扛菩萨了，只有确保这几天不会再出纰漏，他才能把提在嗓子眼的心彻底放下去。不过话虽如此，他的脚步还是和以往有所不同，不仅变得轻快起来，还像坐办公室的人那样背起了手。我爹跟在他身后，倒有点像他的跟班。梁松源背着手又一次踏进了诸神庙，踏进去之前他心里不断打鼓，害怕眼前的一切又会让他失望，因此踏进去的时候闭上了眼睛，好像把眼睛闭上了，一切问题都将不复存在。还是我爹看到他大白天闭眼装睡才喊醒他不管情况如何，都要面对现实。梁松源慢慢睁开了眼睛，看到案桌上的祭祀品一个没少，苹果不仅又圆又大，颜色还很鲜艳，检查一遍，竟连一个牙齿印都没有。杨桃不是横着放，而是竖着放，因此第一时间就让梁松源误以为这个杨桃又被人咬成了星辰，正要着急上火，看到我爹把杨桃摆正位置后，就发现杨桃毫发无损，仍像叠在一起的五角星。完整的西瓜拍上去有空鼓声，不用剖都能知道这个西瓜肯定又沙又甜。梁松源再抬头去看屋顶，发现每一片瓦都像活鱼身上密实的鳞片，抱得很紧，既然瓦片不再漏雨漏阳光，那么不用看，那些菩萨脸上的粉彩也没再像冬瓜表皮的白霜一样簌簌往下掉。抬头一看，发现果然如此。梁松源长舒一口气，心像沾到了薄荷，不由得轻盈起来，并由衷感叹道："这些百转千回啊，不单你我要经历，菩萨也要经历。"

"奇怪，我数来数去还是觉得菩萨少了一尊。"我爹说。

"不可能，你是不是数错了？"梁松源问。

我爹又数了一遍，发现果真少了一尊送子观音。这尊菩萨在诸神庙里看似叨陪末座，但显然不是饭局上可有可无的配角，而是压轴登场的主角。就在梁松源和我爹把众菩萨来来回回数了无数遍，又恨不得把诸神庙的犄角旮旯都翻找一遍时，来自文光村的刘天启却大摇大摆走了进去，好在他的脚步虽稍显莽撞，但内心仍保留了一丝敬天拜醮的虔诚，并未直接硬闯进去，而是把脑袋扒在长方形的门框上先往里觑了一眼。正当他这样做的时候，诸神庙外面的刘丽华也扒在椭圆形的石门外往里偷望，因此姐弟俩看到的就全是屁股。刘天启看到的是梁松源和我爹急得团团转的屁股，刘丽华看到的是她弟偷看时高撅的屁股。假如当时还有他人在场，一定也会看到刘丽华的翘臀。

　　刘天启看了半天，都没搞清楚里面的那两人究竟在干什么，还是梁松源在庙里没找到那个失窃的送子观音转身跑出外面寻找时，才通过对方嚷个不停的嘴里听明白事情的原委。刘天启立马躲到一边，等我爹也从里面跑出来，追上前者梁松源的步伐后，才敢从柱子后面出来。他往后看了一眼，确保那俩人没有去而复返，终于敢放胆把脚迈过门槛，准备在扛菩萨之前先进去拜拜神。即便他是第一次踏进诸神庙，还是一眼就看出在场有尊菩萨缺席了。缺席的地方在从左往右数的末端，因为那里空有一个莲花座，却没有双手结印的菩萨站在上面睥睨众生。而其他在场的菩萨神仙都有相应的手势。比如保路仙君的手势是道教专属的摧伏诸魔印，头戴冕旒、身着霞帔的妈祖是手执如意……不过佛道双方的手势还是有所不同，菩萨罗汉的手势一般比较祥和，而道教中的神仙真人的手势则一般较为灵威。这或许与两教所遇魔障法力大小也有关系。刘天启觉得这些神仙菩萨的手势酷似他姐的手语，便走出去喊他姐进来。姐弟俩继刚才那番对话后，又有如下这番对话。

　　刘天启："姐，这些神仙菩萨的手势到底是什么意思啊？"

刘丽华："佛对众生之苦无法言语，便用手势代替。"

刘天启："姐，你知道失窃的送子观音的手势吗？"

刘丽华："知道，送子观音的手势是双手捧男童，作外送之状，面容慈爱，眸光柔和。"

刘天启："奇怪，为什么送子观音只捧男童，不捧女童。难道说观音也重男轻女？她自己不是女人吗？"

刘丽华："弟弟你错了，送子观音并非女性，也非男性，而是中性，祂不会男女有别，只会根据世人的心愿给予帮助。要怪就怪世人都想要儿子，不要女儿。"

刘丽华用手语说完这段话，又比画出一个刘天启第一次看到的手语。该手语用食指搭成"人"字形，重复一次，再双手平伸，掌心向下，先靠拢，然后由中间向两侧平行移动，意指：人人平等。

刘天启当场愣在原地，过了很久才看到姐姐撑着那把遮阳伞走在下山的路上，快步跟了上去。一路上都有粉彩脚印指引着他们来到山下，身旁还突然出现一群误把粉彩当成花朵的蝴蝶。

我爹那块盖房未果的菜地里已经围满了人。好奇的刘天启挤进人群，发现我爹林荣传在挖那片菜地，梁松源站在一旁指点。各种蔬菜刚从土里拔出来即在太阳下枯萎。随着挖出的泥土堆积如山，挥动在林荣传手中的锄头就有些软了，好像害怕挖坏埋在土里的东西。有一对夫妻模样的人几次欲去阻拦，都被梁松源命人拦住了。过了一会儿，只见从土里露出一个身穿天衣、胸饰璎珞的木雕送子观音，头戴的巾帼上，还点缀着一些金珠玉翠等首饰，手捧的男童则剪着茶壶盖刘海。

我爹林荣传将锄头放下，再把双手揩净，接着恭敬地把这尊送子观音从土里请出来。梁松源马上过去搭把手把祂搬到阴凉地。刘天启跟了过去，转身没看到姐姐手里那把遮阳伞，以为她先回去了，没想到姐姐却出现在了他身后，正从人群里偷偷拉他衣袖。刘天启冲她点点头，钻过人群跑到那片供奉着送子观音的阴凉地。

这片阴凉地在我大伯家的屋檐下。此刻我大伯和大伯母正被几人架着来到此处。我奶躲在二楼她和我爹的房间，站在窗口目睹着这一切。梁松源帮送子观音拭完泥土，走到我大伯大伯母面前，面带威严问道："按理说你们是我长辈，我作为后辈不该这么跟你们说话，可是这事要是不问清楚，不单我不答应，在场的乡亲也不会答应。"

"这送子观音是属于大家的，既然是大家的，凭什么我们不能拿？难道我们不算大家的一分子？"我大伯说。

"林叔林婶，你们当然算我们之中的一员。可是既然是大家的送子观音，拿之前是不是要先告知一下大家，不然跟偷有什么区别？"梁松源说。

"我们想要儿子有什么错？"我大伯母说。

"对，你们休想让我们绝后。"我大伯说。

我大伯大伯母的一唱一和，激起了公愤，大伙都表示要在扛菩萨之前，先把他们押去游一回街，看他们还敢不敢嘴硬。不过梁松源拒绝了这种私罚，他觉得还是要先搞清楚事情的原委再说，便耐着性子继续问道："因为林叔林婶想要儿子，就私自偷送子观音对吗？"

"我再说一遍，我们没偷，我们是拿。"我大伯回道。

"既然是拿，为什么要把祂埋在地里，还不是怕被我们发现？但是你们却忘了，送子观音是要高高供起来的，你们的心如此不诚，还想让观音娘娘保佑你们能生出儿子，简直就是白骨精想吃唐僧肉，痴心妄想。"梁松源说道。

此时，人群里有人当即表示，我大伯林光传和我大伯母吴翠莲曾经不止一次有过小孩，不过可惜的是由于各种原因都夭折了。现在想来有些说不通，毕竟现在医学这么发达，一个小孩很难因病死亡，结合目前的情况来看，很有可能不是自然夭折，而是被他们亲手丢进尿桶里溺死的。如此才能继续往下生，直到生出儿子为止。

"有没有这回事？"梁松源问道。

"无凭无据，我要告你们诽谤诬陷。"我大伯回道。

"快看，观音娘娘流泪了。"有人说道。

刘天启从人群里踮起脚尖伸长脖子拼命去望，却只看到人们的后脑勺，并没有看到那尊会流泪的送子观音。而且人群像一堵针插不进的铜墙铁壁，他无法越过他们直接来到屋檐下。过了一会儿，刘天启看到人群在移动，往后一看，原来乌云像团钢丝球快要砸下来了。人群忙跑到屋檐下避雨。避雨的人群没有抢占送子观音的位置，而是把祂护在正中间，可是从乌云里坠落的大雨仍通过屋檐溅湿了这尊送子观音。这时刘天启才发现，原来观音脸上的泪水是雨水，他在身后没有看到姐姐，倒在屋檐角落看到了她。她身边此刻站的就是我爹林荣传。刘天启以为他们已在密密匝匝的人群里认出了彼此，就想用手势冲她姐刮脸皮，可是却被人横生枝节强行打断了，有人在人群里用手往外一指，喊道："要知道林光传有没有溺死女婴，问他阿姆就知道了。"我奶正从房间里下来收衣服，她在雨天没有撑伞而是戴着斗笠，不是因为无伞可撑，而是撑伞只手收不了衣服。她收衣服很特别，不是一件一件剥下来，而是把晾衣竿倒放，就像竹筒倒豆子一样，这样就能把所有衣服一次性收完。收完衣服后，她没有把衣服放到臂弯里，而是夹在腋下，就像一个远道而来的客人夹着床铺要在此长居一样。在她腋下的衣服大部分都湿了，所以在屋檐下躲雨的人们就好比看到了一个在雨水里大汗淋漓的老人。

梁松源跑进雨中，把我奶拉到屋檐下，然后走进客厅搬了把凳子。这把凳子不是让我奶坐，而是用来放我奶腋下的那些衣服。我奶把衣服放到凳子上后，看到她儿媳妇的内衣内裤在最上面有些污眼，就把我爹的衣服从底下抽出来盖到上面。做完仍不放心，在梁松源问话的时候还一直用眼睛去瞟衣服，看看还有没有不得体的衣服暴露在大庭广众之下。

"太姥，林叔是不是生过几个孩子？"梁松源问。

我奶没敢回答，因为她突然感到后脖子凉飕飕的，她的长子和儿媳正从人堆里恶狠狠地瞪着她。就是她告诉梁松源送子观音被埋在了菜地里，这才让我大伯大伯母彻底断了延续香火的念想。站在我大伯大婶的立场来看，他们怎么都无法理解我奶这种自愿绝后的做法，要知道他们的儿子可是她的孙子，哪有人会把即将到手的宝贝孙子拱手送人的道理。不过仔细一想也能理解，毕竟她还有一个满子，搞不好她想抱的是他满子的儿子。幸好老天开眼，她的满子至今仍是光棍一个，她想抱孙就要等到猴年马月了，希望这个老不死的届时有这个命能达成所愿。

"你说什么？雨太大了，我听不清。"我奶的耳朵很挑，对好听的话就愿意多听，但对难听的话却连半句都不想听。我奶的眼睛也很好使，当她说完这句话后，就清楚无误地看到我大伯大婶在人群里旁若无人地长舒了一口气。

雨越下越大，屋檐成了一道用手掀不开的水帘。霜白色的大雨遮住了天，也盖住了地，也溅到了人群。站在外面的人裤腿已经全湿了，站在中间的人湿的是上衣，站在里面的人则没有淋到一滴雨。于是人群自动在屋檐下并排站，这样一来，就让所有人的裤腿都未能幸免，矮个子连睫毛上都挂满了雨滴，尤其溅到刘天启睫毛上的雨水最多，刚才走来的路上他睫毛上流的是汗水，转瞬之间，他的睫毛上流淌的又变成了雨水。刘丽华的睫毛也蓄满了雨水，但她不敢像刚才用摇头倾泻汗水那样倾泻雨水，她任由雨水在睫毛上凝聚成珠。因为她身边站着那个还没发现她存在的林荣传。她也不敢在人群里撑起那把遮阳伞，不仅开伞声会像过紧的衣服崩坏引人注意，五彩斑斓的伞面也会引人围观，只好悄悄把伞束起来放到身后。雨水已把所有人的上衣和头发都浇湿了，可我大伯大伯母仍没有主动开门叫他们进去避雨。

"快进来吧。"我爹说。

刘丽华看到人潮往门口涌去，这才发现林荣传不知何时已不在了。她的心突然像上紧了发条，还没来得及细想心里的那枚时钟走不走字，就被簇拥的人群挤到了大门口。我爹正在门口招手把人迎进去，看到梁松源怀抱着送子观音，赶紧过去搭把手。刘丽华见状趁乱溜进了客厅，看到弟弟刘天启先她一步跑到了里面，此刻正冲人群里的她做鬼脸。

我大伯家的凳子不够，坐不了这么多人，只有梁松源等几个有脸面的才有资格落座，其他人都用身体去填补每一道空隙。整座屋子，只有客厅才能站人，其他房间都被我大伯母偷偷锁了，锁门之前还藏起了值钱物件。

她把每一扇门上锁后，还用指头拨了拨那些小巧的黄铜锁，就像在弹一个婴儿细皮嫩肉的脸蛋，当初购买的时候还觉得贵，现在一看又嫌小，怕锁不住不同房间里的存折、锄头、畚箕、扫帚、尿素袋和吃剩的半碗肥肉。我大伯家有好多房间，可是这些房间我爹和我奶都不能够住进去，因为这些房间我大伯将来要分给他的儿子们住。我爹和我奶住的是二楼的储物间，只有正常房间的一半大小，夏热冬寒。我大伯母检查完每个上锁的房间，终于满意地拍了拍手转身走下楼。她走在楼梯上就像啄木鸟在啄病树，发出嘎吱嘎吱的声音，低头一看，发现有几阶楼梯被虫蛀坏了，准备喊丈夫拿钉子过来修一修，又想到这个楼梯他们夫妻在夏天不常走——我大伯和大伯母夏天图凉快住在一楼，冬天贪温暖才会住在二楼，就觉得没必要，等到了冬天再修也来得及，便继续往下走。走到了客厅里，斜视了一下这些上门打空手的不速之客，刚想坐到丈夫身边，就见梁松源这个王八蛋还冲她丈夫揪着刚才的问题不放："林叔，趁现在大伙都在，我看你还是如实交代了吧。"

我大伯母知道梁松源和我爹穿同一条裤子，他这么无休无止地纠缠下去完全不是为她那些早夭的女儿打抱不平，而是要找个由头，让他们夫妻松口同意我爹在那片菜地上盖房，便决定满足我爹这个白眼狼的心愿，说："我看你是醉翁之意不在酒，别说了，我们答应林荣传用那片菜地盖房。"我大伯母说这句话时，刘天启用手语给刘丽华现场翻译，客厅里便瞬间绽开了一把花伞，那声响酷似在为我大伯母这句话送上热烈的掌声，然后所有人便看见一个女人握起这把伞慌不择路，没想到撑开的伞却撞到了门框，这个女人情急之下撂下伞跑了出去。我爹看到对方头上扎的辫子松了，一头大波浪奔跑在大雨初歇的路面，就像一匹还没钉马掌的雏马在撒欢，接着又有一个小男孩从他面前急急跑出去，胳膊肘撞到了我爹的胸膛。我爹揉着隐隐发疼的胸口过去捡起那把遮阳伞，合伞的时候看到伞柄上刻了一个卯金刀"刘"。

我爹虽然可以盖房了，可仍只有三成把握能把刘丽华娶回家，若想有十成把握，他还要做许多事，比如把房子真正盖起来，盖起来后还要有存款筹办婚礼。不过这一切眼下都要先给扛菩萨让路。把送子观音送回到诸神庙后，那个莲花座不再空了，梁松源满意地走出庙门，我爹跟在身后。

"你听，好像有声音？"我爹说。

"你是不是听错了？大白天哪来的声音？"梁松源问。

我爹的耳朵很灵敏，但他不在乎刘丽华聋哑。因为他觉得婚姻既不靠耳朵听，也不靠嘴巴说，而是要用心感受。我爹很少会有听错的时候，比如雷雨夜他可以在有雷电和雨声干扰的情况下，听到房梁上有老鼠出没；比如每次下楼食朝走到客厅里的时候，即便厨房的灶火未熄，他也能听到兄长和嫂子在里面密谋把好吃的藏起来；又比如每年小满时节，只要他出现在扬穗的田野里，准能比别人先听见有牛啃稻子的声音。所以这次他不等梁松源停下来仔细听清楚，就一个人跑回到诸神庙，果然发现有几只小野猪在偷吃菩萨面前的祭祀品。这些小野猪还没有长獠牙，身上也尚未长出像棕榈叶一样开叉的鬃毛。随后返回的梁松源心疼祭祀品遭到破坏，操起一旁的扫帚就去驱赶它们。这几只小野猪吃不住疼痛，嗷嗷叫着从墙角的窟窿里溜出去了。我爹搬来几块砖头，补上这道窟窿，然后拍拍手说道："我有一个想法。"

"什么想法？"梁松源问。

"假如我在扛菩萨那天把刘丽华娶回家会不会能讨一个好彩头？"我爹说。

"那就不是一个好彩头了，而是两个好彩头。"梁松源说。

"可是……"我爹说。

"钱的事你不用担心。"梁松源说。

"那我让媒婆去给我提亲。"我爹说。

"你为什么不亲自上门提亲呢?"梁松源问。

"有道理。"我爹说。

刘丽华自从那天夺门而出后,这几天都心神不宁,她既担心林荣传认出了她,这样就太丢脸了,万一以后真的嫁给他,他一定会动不动就重提旧事,这样就会形成男强女弱的局面;又忧心对方没认出她,这样说明他们有缘无分,近在眼前却好比远在天边。身旁没有任何人能开解她,刘天启又被爹喊去砍竹子了。现在父子俩正在客厅里破竹。刘丽华听不见噼里啪啦的破竹声,她像只困在空杯里的苍蝇,掀开竹帘,发现那些竹子已被篾成了宣纸般的薄片。

几天后,刘茂云的摇篮车做好了。这个摇篮车没有车轮,需靠孩童的双脚驱动。他对着摇篮车自言自语:"不知道是我的孙子先坐上,还是我的外孙先坐上?"结果证明很有可能他的外孙会先坐上,因为我爹经过几天的准备,终于在夏天的最后一个节气大暑亲自上门提亲了。

当刘天启把这事告诉刘丽华时，坐在客厅里的我爹看到那扇竹帘乱了，他知道刘丽华在里面偷看他。刘丽华透过竹帘，看到我爹一头大汗，就想让刘天启把我爹头顶的电风扇开大一点。可刘天启却表示，电风扇已经开到最大了。我爹带了礼物，也没忘带那把花伞，在来的路上即便太阳再大，他也舍不得撑，就这样冒着烈日徒步来到了文光村，现在坐在了刘家天花板上挂有一台吊扇的客厅。

我爹这回不再害羞，他通过这把花伞早已知晓了刘丽华的心意，既然她上回甘冒大雨前来看他——其实大雨是中途下的，那么这回就算太阳再大，他也应该投桃报李。他现在勇敢地去看那扇竹帘，终于捕捉到了刘丽华那抹一闪而过的眼神。刘丽华也不再闪躲，而是也鼓起勇气迎接我爹的眼神。双方就这样四目相对，犹如火镰与燧石激烈碰撞，几乎让在场的刘天启和刘茂云都闪花了眼。

"我的本家诗人刘禹锡说得好：自古逢秋悲寂寥，我言秋日胜春朝。我看你们的婚事就定在立秋吧。"刘茂云说。

立秋正是扛菩萨的日子。

田里的稻子黄了，每一颗都在谦卑地低垂着头颅，似乎在感谢大地给予它们的滋养。黄泥路被铺上碎石后，终于平等地对待鞋子、兽印和车轮了。鞋子不再崴脚，兽印不再凌乱，车轮也不再打滑。立秋到了。农夫戴着斗笠弯腰在地里割稻子，每一株饱满的稻穗都会压弯臂膀。几十名扛夫排着整齐的队伍经过田野，每一双脚都在路上踩出了铿锵有力的步伐。那些锁在碎石里的尘土没有一粒扬起来，全都甘愿被他们踩在脚下。农夫看着这些扛夫往诸神庙走去，然后或两人一组，或三人一组，或四人一组把那些菩萨陆续从庙里扛出来。旗牌组的四人举着"肃静""威严"的牌子在前面开路。殿后的是负责放鞭炮的鸣炮组。吹打组在两边用唢呐和锣鼓吹吹打打，护送着杠夫抬着菩萨。其势之盛，如同古代钦差出使。

可是最前面的那尊菩萨却只有一人抬。这个扛夫也和身后的其他扛夫不一样，其他杠夫都穿着统一的黄色服装，只有这名扛夫打着赤膊，而且身上抬的那座菩萨表情也和别的菩萨有所不同，其他菩萨都不怒不喜，没有表情，只有这尊菩萨会笑。祂笑起来的时候有两个酒窝,下巴还有一条美人沟,头发是波浪卷,本来用橡皮筋扎着,一阵风把祂的头发吹散了。所有人都看到这尊会笑的菩萨有一头卷发,还看到发际线上有个美人尖。这个美人尖就像一个箭头,刚好指向头顶的朗朗乾坤。

这尊菩萨最后停在了梁松源家门口。这名身强体壮的扛夫把菩萨放下来,伸手扶着祂进入客厅歇息饮茶。梁松源在门口让那些扛夫继续扛着菩萨往前走,他要让十里八乡都看一看旧貌换新颜的灯下,说完踩着满地朱红的鞭炮屑转身回到屋里,对着那名汗如雨下的扛夫说:"荣佬,你今天比那些菩萨还风光,我这主意不错吧。以后没有人会再对你的婚事说三道四,连菩萨都点头同意了,你的大哥大嫂就是还有话说也只能把嘴闭上。"我爹林荣传仰脖饮尽杯中最后一滴茶,回道:"对,没想到我荣佬也会有这一天。就是不知道累没累到我家丽华?"

"还没娶进门呢,这么快就改口了?"梁松源说。

"这不台上的油灯,明摆的事嘛。"我爹说。

"要知道她累不累,去问问你小舅子不就知道了?"梁松源说。

刘天启在门外举了根香,低着头在找地上没响的鞭炮,看到有个鞭炮还有引线,便蹲下来吹红手上举的香，然后捂着一只耳朵，用香去点引线。我爹悄悄走过去，拍了拍刘天启的肩膀，喊道："嘭。"刘天启一个激灵，顺势跌到了地上，扭过头看到我爹，说："荣佬，你要吓死我啊。"我爹纠正道："往后不能再这么没大没小喊我荣佬了。"

刘天启说："我知道，要喊你姐夫了。"

我爹说："算你小子上道。就是委屈你姐昨晚一宿都待在诸神庙了。"

刘天启说："没事，我姐高兴还来不及呢，她正好可以跟那些摆出各种手势的神仙菩萨用手语交流，饿了还有水果当夜宵。"

我爹说："那就好，那就好。"

刘天启说："我替我姐问一下，接下来怎么个流程？"

我爹说："等晚上吃完席我再背你姐回文光村，等我把房子盖好就可以马上娶你姐。今天只是简单地认认门。"

刘天启说："我爹说了，可以先娶再盖房也不迟。"

我爹说："那我们住哪？"

刘天启说："先住我家。"

我爹说："这，这，这。"

刘天启说:"放心,你想做上门女婿,我姐还不乐意呢。"

晚上的酒席定在梁松源家。梁松源的妻子既能干,也舍得花心思,把菜品弄得很丰盛,不仅每桌有鸭鸽鱼肉,还有不同形状的米粄、年糕、簸箕粄、黄粄等客家特色的粄子。认识与不认识的都不需要封红包就可以进去打牙祭。刘天启早就坐好了,面对这么丰盛的食物,手里的筷子一时忘了往哪里夹,猛一抬头,望见林荣传携着刘丽华坐在对面。也是奇怪,这么快两个人就可以用眼神沟通了。

等人差不多坐齐后,梁松源端起酒杯敬在场辛苦了一天的相关人员。我爹在梁松源敬完酒后也站起来敬酒,可是他不会喝酒,只是抿了一小口就呛得直咳嗽,最后还是刘丽华接过他手里的酒杯替他敬完酒。所有人都看到她把杯中酒一饮而尽,饮完还杯口朝下,表示滴酒不剩,她没有用酒杯养鱼。酒过三巡,菜过五味,我大伯和大伯母才姗姗来迟,看到在场没有他们的位置,本想当即离席,又舍不得满桌的鸡鸭鱼肉。梁松源眼尖,看到他们在咽涎水,马上把自己的凳子给他们让出来,嘴里说道:"快过来食吧,这里还有位置,特意给你们留的。"

说完怕他们还嫌硌硬，就主动过去请他们，没想到手不小心碰到了我大伯母。我大伯母嗔道："小心点，可别撞坏我肚里招人疼的宝宝。"梁松源看了半天，没瞧出怀孕的迹象，倒是旁边有几人听到这话，端起酒杯走过来向我大伯贺喜："看大嫂子肚子这么尖，这回怀的一定是个男孩。"

我大伯笑道："都是托了观音娘娘的福。"说完看到只有一个凳子，就喊妻子过去坐，他站着就行。可我大伯母心疼丈夫，死活要让他坐。我大伯没办法，只好坐下来，然后让我大伯母坐在他大腿上，还不停地给她喂饭。

我爹最后如愿娶到了刘丽华，在房子盖好之前一直借住在文光村。我奶每天都会徒步去文光村，她这么频繁去亲家家里，其实有两个原因，一是告诉亲家公盖房的进度，二是打听刘丽华肚里的孩子究竟姓什么。十个月后，我爹那座"目"字形的三间大瓦房盖好了，我也顺利从刘丽华肚子里出世了。

我外公刘茂云早就为我取好了名字，而且这个名字不管男孩女孩都可以叫。我爹把房子装修好之前，我仍要住在文光村。不过我一点都不孤单，因为我的舅舅刘天启每天都会陪我玩。我坐在我外公做的那个摇篮车里，越来越皮,经常趁我舅舅不在,把摇篮车开到村口那棵大榕树下,就像一只小鸭子套着一个游泳圈。我舅每次费劲把我找回去后,都会跟我外公抱怨我爹妈什么时候能把我领回灯下。

我外公说:"难道住我们家不好吗?"说完看我冲着他求抱,就会把我从摇篮车里抱起来,让我坐在他的大腿上,接着打开录音机听那首听了无数遍的客家童谣:

月光光月娃娃,

砍根竹子钓蛤蟆。

蛤蟆背上一本书,

送我阿哥去读书。

……

听了一半磁带缠带了,我外公就把磁带从录音机里拿出来,看到里面起了褶皱,就用小拇指伸进磁带卷洞里,把磁带倒带着卷平,像用梳子梳理静电炸毛的头发一样,然后再放回到录音机里,里面的歌声又开始响了:

从前老屋腰粗榕树旁,

阿公讲故事给大家听,

鼓励大家要多讲自家话,

宁卖祖宗田莫忘祖宗言,

古老的童谣已传唱数千年。

在歌声中,我外公总会跟我说同样的话。他说这人生啊,就像磁带,也有 A、B 两面,可是啊,磁带可以倒带,人生却没有反悔药吃,无法倒带。刘爱华,我的乖孙,你晓不晓得这个道理啊?

沙漏

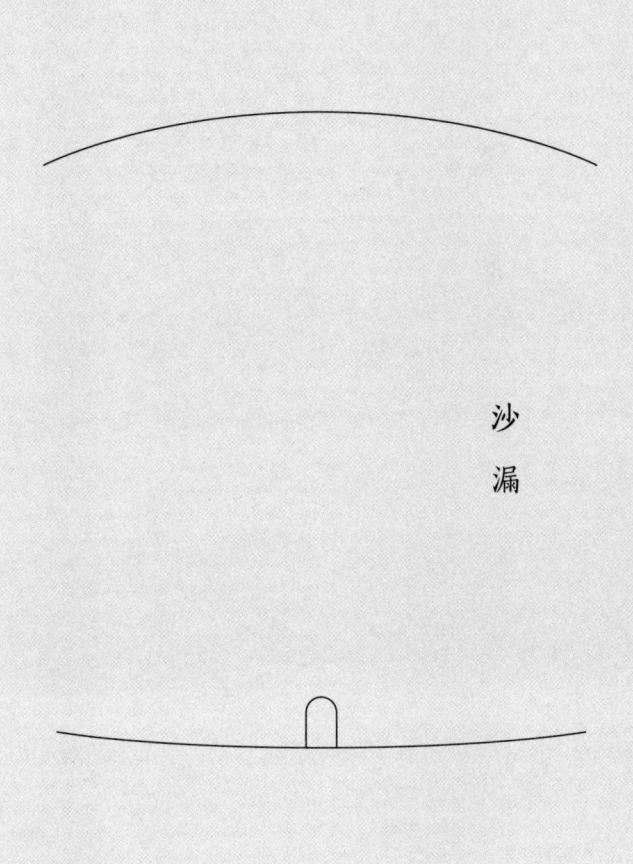

黄昏五点的屋檐使祖母感受到与夜晚一起到来的老态龙钟。她再次走出房间，凝望被飞檐绊住的月亮。这轮昼伏夜出的月亮把她的秀发照耀成银装素裹的盐巴。她饱尝的生命之盐把她生龙活虎的体力腌制得老气横秋。如今她已不再奢望还能看到白天的大好河山，只求在夜晚能看到几粒幽暗的星辰。

夜晚是祖母的领地。她用颤抖的拐杖给自己圈定了行动范围，以那扇春联剥落的房门为起点，以十米开外那座坍圮的茅厕为终点，她所能活动的面积约等于半个篮球场。月光把她走出屋檐的背影雕刻成一尊永不融化的蜡像,她拄在手上的那根拐杖小心地试探危险丛生的夜路。夜路上的石子和小草还未来得及绽放露珠,便被这根拐杖之镰收割殆尽。

祖母的夜游不再受到任何阻拦,她可以安心地走到那座被月光染白的茅厕。自从抽水马桶出现后,茅厕早已被人弃之不用;自从她的体力每况愈下后,她便被劳动开除了籍贯。眼下两种同病相怜的现状使祖母的五官变成了月球表面。她再次抬头望月,借助弱不禁风的视力,看到灿烂的月亮被贴上了一张狗皮膏药。她年轻的时候也曾在额头贴过坐月子的膏药,那时她旺盛的精力使她繁衍生命变得易如反掌。

从山川湖海吹来的晚风使祖母寒彻入骨,哪怕她的皮肤如今已变成发皱的鳄鱼皮。年老的肌肤只能证明精力衰退,无法抵御寒风的侵袭。祖母年轻时没有照过一张照片,绵延起伏的丘陵与九曲回肠的河流阻挡了她把自己的容貌留在照片上的可能。从此,随着年月更迭,她的容颜便慢慢风化在了繁重的劳动中。当时间从半世纪的褶皱里倏忽穿过,来到这个五十年后的祖母面前时,她早已忘却了自己当年的模样。

祖母现在早已不用耳朵聆听大地的心跳,早已不用眼睛观看四季的荣枯。岁月能够偷走她的容貌和体力，唯独偷不走她老而弥坚的感受。潺潺的春水几乎和雏鸡破壳声一起闯进她的耳朵，粳稻悄无声息地拔节抽穗和秋季萧条的漫山红遍她不看便知。世间的欢腾与落寞她一目了然，家里的飞短流长她更是耳聪目明。脱完粒的稻草尚且还有他用，体力被榨干的祖母除了浪费粮食，毫无价值。

祖母很清楚自己如今人憎狗嫌的下场，从此她不再白天出来污人耳目，她把夜晚编织成一个可以躲进去安享晚年的蝉蜕。夜晚对待万物一视同仁，不管你白天多么妖娆惹人怜，也不管你白天多么丑陋遭人弃，都会在夜晚得到星月公正的对待。

茅厕旁一根饱经风霜的枯木接待了她疲倦的身躯，她坐在这根被白蚁蛀空的木头上，俨然坐在脆弱的沙丘上。她似乎听到白蚁还在啃食枯木残存的绿意，无须等到白天，这根被一副有力的肩膀从深山扛来的木头就会化为齑粉。时过境迁，她仍能准确地记起这根木头当初绿意盎然的模样。

它生长在飞鸟和蝉都难以接近的深山，长到一百岁时，突然间发现自己身边的伙伴都死于非命。它们被斧头砍倒在地后，腾出的空间给了阳光长驱直入的机会，继太阳不请自来之后，许多不速之客也接踵而至。主要以占地广袤的田野和深耕地心的沟渠为主，它们使得这棵形单影只的参天大树成了摆设。当沟渠里的溪水把田野里的禾苗浇灌到收割期后，许多割完稻子的人便坐在这棵树下乘凉。有人觉得砍倒这棵树可以多种地、广收粮，便在一个伸手不见五指的晚上将其伐倒。当晚，祖母看到一团游动的火焰，直到这团火焰越来越近，她才意识到这是手电筒发出的亮光。她的次子把手电筒叼在嘴上，陆续扛着截断的大树下山。

一截拿来做房梁，一截拿来做门槛，没用的那截便放到茅厕旁，供万人踩踏解手方便，因为茅厕旁常年坑洼，上厕所难于上青天。许多年过去了，房梁和门槛越来越结实，上能承受风霜雨雪，下能保证家人居有定所。两者本是同根生，都在时间长河里变了模样。前者常年挂满蜘蛛网，还有那盏一到吃饭便会胆战心惊的白炽灯，因为总有蜘蛛在灯上走；后者昼夜都要被几双进进出出的鞋子踩踏，还会撞到被脚踢飞的石子。它们共同支撑起这间"余庆之家"。但茅厕旁这截树木却在泥泞的地上越来越虚弱，等到祖母坐在上面时，只剩最后一口呼吸。

黑夜可以把视力一笔勾销，白天能清楚目睹的房子现在也看不到了，而且随着夜愈深，房子里的灯光也相继熄灭，更是让这座房子彻底葬在了黑夜里。夜晚是万物的备孕期，白昼才是隆重的诞生日。当太阳从东方睁开眼睛，万物便会重现于世，其中繁衍的新生让每一个看似相同的白昼都变得有所不同。祖母不愿在夜凉如水的此刻回房间睡觉，她所剩无几的生命让她的每一天都变得弥足珍贵，她要善用自己的生命，就像精打细算荒年时存储不多的米粮。

她了解这座房子胜过了解自己。它先由自己跟丈夫打造了地基，盖完了第一层，当丈夫在四十年前突然病逝后，她带着几个孩子在这间屋子里艰难生活，直到几个孩子先后成家，各自开枝散叶后，她才跟次子慢慢加盖了第二层，并添加了房梁跟门槛。

清洁屋子花费了她所有农闲时的精力，她不愿让家人把外面的脏东西带进屋。每当进门前，她都要在门外用井水把脚洗净，用拂尘扫掉身上的落叶，确保身上除了衣服，没有多余的东西后，她才会踏进门里。她时刻留意地板，哪怕仅掉了一根头发都难逃她的法眼。家人在地板上走来走去，即使坐在凳子上吃饭的时候，也会把脚踩在地上。她知道鞋底的泥土在所难免，因为家人不是笼中鸟，他们需要每天早出晚归，哪怕她的孙子也在家待不住，总是天一亮就跑到外面野。在这种情况下，还去计较家人的鞋底到底干不干净就有些强人所难。他们把外面的草籽和泥土通过鞋底带进了屋子，她本来打算让他们进屋前都要脱鞋，但没有人能习惯冰凉的地板，纵使她的双脚后来老茧丛生，照样无法适应地板上的寒气逼人。因此，她干脆自己劳碌一点，多拖几遍地，也不愿让自己的子孙双腿受寒。

地板易清洁，房梁上的蛛网却不好清理。加长扫帚仍会留有死角，架梯上去，却怕掉下来。看着蛛网一天比一天大，她索性打开大门，放进那些在雨前低飞的蜻蜓，让它们用飞翔的速度冲碎状如簸箕的蛛网。她知道蛛网并不牢靠，无法像真正的簸箕那样盛满稻谷，只会像筛子那样让大部分蜻蜓漏网。结果也如她所料，她在雨天放进屋里的蜻蜓果真冲破了蛛网，这群斑斓的蜻蜓像摩托车头盔一样的脑袋把蛛网撞碎后，她看到遍布房梁的蛛网都成了她孙子穿的开裆裤。可她没能高兴多久，因为有许多蜻蜓折翼摔到了地上，弄脏了她刚清洁干净的地板。

她弯下腰清扫这些断翼，意外发现蜻蜓翅膀跟稻禾叶脉一模一样。两者的纹理就像一对肉眼无法看出差别的双生子。从此那些蜻蜓一再闯进她梦里，密密麻麻的蜻蜓像种子一样在她梦里疯长，它们的脑袋都变成了蜘蛛脑袋，不仅能飞翔，还能吐丝。蛛网扼住了她的咽喉，使她无法呼吸，翅膀挡住了她的眼睛，让她无法视物。她一度求告玄学，希冀那些名目繁多的神佛帮她驱邪压惊，让她能睡上一个好觉。

求神拜佛的结果便是她此后任由蜘蛛在房梁上结网。家人几次欲清蛛网，都被她蛮横的脾气阻止。年纪的增长没能让她温顺，反而使她的脾气越来越坏。所有人都不会想到导致她性情大变的是那些微不足道的蜘蛛，都以为是她守寡多年所致。拖家带口影响了她改嫁，没有男人能接受有家室之累的女人，而她又不愿意与自己的几个孩子一刀两断。

她的孤独无人知晓，儿孙相继长大后，她被劳动流放到了清闲之路上。长时间习惯劳作的祖母握不了锄头后，内心的焦虑像涨满的春水。她深知人只有劳动才有价值，一旦力衰气竭，便离死亡不远了。为了发挥余热，晚年的祖母努力布置房屋。她先在院子里种植三叶草、一年蓬和野鹤草，这三种野花开放在野外时无人问津，可当它们出现在家里时，带来的惊吓则无异于家里闯进了毒蛇。负责赡养祖母的次子勒令她把这些野花铲除，否则便把她赶到茅厕里让她自生自灭。祖母虽说有二儿一女，但女儿早已远嫁他乡，长子也已分家单过，因此她除了住在次子家里，几乎没有别的落脚之地。她付出了养儿育女的辛劳，图报天伦之乐乃人之常情，因此当她得知次子不喜这些野花野草时，二话不说便用农药杀死了它们。

她用农药清除野花后，为了避免家人闻到农药味出现头晕呕吐的症状，她还在院子里喷洒用洗衣粉冲灌的清洁剂。一时之间，农药混杂洗衣液的味道充斥着每扇推开的门窗，让在房梁上织网的蜘蛛都迅速躲回了巢里，就连那些除之不尽的甲由也变少了。无心之举让祖母收获甚丰，她当然有资格跟次子邀功。没想到次子回到家，却用紧皱的眉头让她发现原来这一切都是自作多情。

几天过后，当空气中不再弥漫刺鼻的气味后，房梁上的蜘蛛又重新出来结网了，那些甲由也从阴暗的角落里再次出没。徒劳无功没有让祖母心灰意冷，反而激发了她的斗志，她继续转战屋顶。她把锁在柜子里的衣服都抱到屋顶上晾晒,她要趁梅雨天到来之前,把家里所有发霉的衣服晾好。等她把衣服上的霉味都用太阳的味道替代后,家人就不会再对她的辛劳视而不见。

衣柜里放了许多衣服。大人小孩的衣服胡乱系在一块,男人女人的衣服草率叠在一起,挂衣服的晾衣架也形同虚设,几乎没有一件衣服愿意挂在上面。四季的衣服被打乱了顺序,就像大自然重组了春夏秋冬。祖母要用自己的妙手把它们重新分门别类:男人的衣服归男人,女人的衣服归女人,小孩的衣服归小孩。两性与长幼之间的井然秩序被祖母视为天经地义。

她首先晾晒的是男人的衣服,这些都是他次子的衣服,有一件阔腿裤膝盖处磨得发白,甚至遮不住阳光刺眼,她把这件破裤搁到一边,继续晾晒其他衣服。其次晾晒的是女人的衣服,这个家里只有她和儿媳妇是女人,儿媳妇正当壮年,她却已然垂垂老矣,看着自己的衣服不及儿媳妇的鲜艳美丽,她瞬间老泪纵横。儿媳妇刚嫁进来时,她并不比这个新来的女人逊色,哪怕她们相差三十岁。如今三十年过去了,她早已被岁月榨干了水分,可儿媳妇却摇身一变,替代了三十年前那个生龙活虎的她。两个女人的衣服铺满了半边屋顶,为了防止儿媳妇的衣服被风吹走,她还把石头压在了上面。看到儿媳妇的衣服也像她的衣服那般风也懒得吹动时,祖母腾出手来晾晒孙子的衣服。她与这个孙子很不对付,当他还小时,她倚仗自己所剩无几的威严逼迫他不能离家一步,就算他一时贪玩偷溜出去了,她也有办法把他叫回来。她的办法就是她的大嗓门,祖母的声若洪钟让孙子无所遁逃,不管他是在溪边翻石头逮螃蟹,还是在树上折枝摘果子,都会被突然出现的声音吓一跳,然后乖乖回家去。祖母在屋顶上晾晒全家人的破衣烂衫时,她的孙子早已从她眼皮子底下溜进了镇上的中学里。她没有理由也没有能力再用自己的大嗓门把他困在身边。所以她只能看着孙子小时候穿过的开裆裤出神,她知道,孙子的足迹将来会从镇上来到县里、省里乃至首都,届时她将难得再见他一面。她抚摸着孙子幼时穿过的衣服,眼前出现他牙牙学语的模样,可是一转身他却突然下地飞奔,跑到她的声音势力所不能触及的镇上去了。

阳光正慢慢地驱除衣服上的霉味,想到傍晚就能抱起一团盛满阳光的衣服下楼,还能把衣服里的阳光锁进放满樟脑丸的衣柜里,让全家人吃晚饭时仍能嗅到阳光的味道,祖母便像个小孩一样得意扬扬地笑了。她在屋顶上背着手走来走去,就像几年前在田埂上走来走去那样。那时她是在巡视稻子的生长情况,如今她是在为家人晒衣服呕心沥血。她虽已年迈,仍能为家人的衣食住行出一份绵薄之力。

祖母绽放了脸上枯萎的皱纹,她体内凝滞的经络也在须臾之间疏通。时隔多年,她终于再次体会到劳动给她带来的快乐。可祖母的高兴却如不知晦朔的朝菌,更似不知春秋的蟪蛄,旋即被天边的一道响雷殛没了。

天际酝酿出的乌云笼罩了群山,群山被压顶的乌云削去了一半。雷声踩在群山的头顶敲锣打鼓,似乎在提醒人们提前做好迎接它的准备。没有晒衣服的人家当然乐于见到雷雨到来,可祖母却显然还没回过神来。等她意识到要收衣服时,大雨已经从群山那边快马加鞭赶来了。祖母一次只能抱起一个家人的衣服,她无法同时把全家人的衣服都抱到楼下躲雨,何况,大雨也没有给她分次收衣服的机会。当它从天上像一盒弹珠砸下来时,祖母就知道完了,她的好心就要被家人当成驴肝肺了。

来不及收的衣服全被大雨浇湿了,上面的阳光之味跟天上被暴雨赶走的太阳一样不见了。躲在楼下的祖母任凭骤雨在她头顶轰隆作响,她看到雨水通过屋檐倒灌下来，犹如被人掀起了一条奔流不息的大河。雨水不由分说把屋顶上的衣服冲下来，很快在院子里堆积成山。祖母在屋檐下心如死灰，她无法向家人解释，好好待在衣柜里的衣服为何会出现在雨中的院子里。祖母想到了装病，病痛是每个老人的专利，她当即走进房间，躺在床上，用被子把自己蒙住。她伪装的病痛需等家人归来才能上演，她现在要做的就是为家人回家掐好点。然而门外豆大的雨声影响了她的听力，她起来把房门打开一道缝隙，好能第一时间看到家人回来的身影，丝毫不管溜进来的雨水有没有打湿地板。

她时刻留意门外，但最先出现的却是那些避雨的鸟儿。它们飞到屋檐下那根晾衣服的竹竿上。通过蒙眬的玻璃窗，祖母看到那根晾衣杆在群鸟腿下不断摇晃，就像在上面挂满了滴水的衣服那样。有一只鸟儿通过门缝钻进来，后来钻进来的鸟儿越来越多，以至祖母的被子上都站满了叽叽喳喳的鸟儿。惶恐不安的祖母无法赶走它们，便索性把头也蒙住，独自在被窝里吓得心惊胆战。被子突然被一把掀开，她以为是那些鸟儿要来啄她的眼睛了，看到的却是次子那张愤怒的脸。祖母知道自己装病失败了，只好不情不愿地从床上起来。她从床上起来时，赫然看到自己居然没脱衣就上了床，难怪会被心细如发的次子识破。她跟在次子身后，看到溜进来的鸟儿都不见了，而且那扇被推开的房门也被关上了，溺进来的雨水也差不多干了。

次子站在大门口，背着手看着院子里的衣服愁眉不展。他当然知道这都是自己的母亲干的好事，他不会去冤枉那些停在屋檐下的鸟儿，也不会去责怪越老越糊涂的母亲，他所能做的就是等雨停把院子里的衣服捡起来重新清洗一遍，然后轰走屋檐下的鸟儿，让它们把晾衣竿腾出来给他挂衣服。祖母一直去观察次子的脸，却一时无法在他脸上判断出阴晴，最后也站在大门口去看变细的雨。母子俩时隔多年再次站在一起，让祖母想起了次子年幼时，那时他也喜欢站在门前看雨，他的身高不及她，需要她牵着手才不会被雨水吹斜。如今他早已无须她庇佑，反而她要躲在他身后才能避雨。

雨停后，屋檐下的晾衣竿上挂满了衣服。这些不同性别、不同年龄的衣服梅花间竹挂在上面。祖母几次都想把它们以男女有别、长幼有序的形式重新晾晒，等她终于趁家人不在准备付诸行动时，连日放晴的天空却早已把它们晒干了。她只好踮起脚尖把它们收回衣柜，可她却显然够不到晾衣竿。她的身高早已像洗过几遍的新衣那样缩水了，而且缩水的衣服可以用熨斗再度熨烫，她变矮的身高却没有时光熨斗能让她二次变高。

祖母找来一把横放在墙角的梯子，把它竖起来，看到梯子靠在墙上连接天地两端，她不敢把自己年迈的双腿踏上去，她害怕自己变矮的身体无法顶天立地。挂在屋檐下错乱的衣服像伸出的青蛙舌头频频诱惑她，她只能硬起头皮爬上梯子。梯子让她离大地越来越远，使她离天空越来越近，远距离望过去，这把横亘在天地之间的梯子就像一个弹簧，而天地就像两个大拇指，正把这个弹簧无限压缩，以至于使祖母看起来就像被捏扁的泥人。祖母爬到梯子中间，终于够到了那些让她不满的衣服，她把就近的衣服从晾衣竿上剥下来，然后下去挪梯子继续摘其他衣服。

她把这些衣服归类依次装进衣柜里，当她关上衣柜门的那刻，想到里面的衣服到底安分守己了，内心紧绷的弹簧总算有所松动。她出去把梯子放回原位，却看到墙上有许多窟窿，这些窟窿像蜂窝一样瞬间洞穿了她的身体，想到自己奋力建造的房子如今成了鸟鼠的巢穴，祖母内心松动的弹簧再次紧绷起来。

她一言不发戴上手套，二话不说爬上梯子，三下五除二去掏这些巢穴。她从巢穴里没有掏出任何活物，那些鹊巢鸠占的鸟鼠不知何时搬走了，她掏出的都是一些稻草和枯枝，还掏出一具完整的鼠尸。掉在地上的稻草和枯枝让祖母花了很长时间打扫，但腐朽的味道仍然刺鼻。

整理衣服是祖母为家人干的最后一件事，此后她就心安理得地享受起自己的晚年。不过随着她赋闲的时间加长，日益被生计压垮的次子却看她越发不顺眼。起初她不在意，当作没看到，后来见碗筷总是磕桌子，大门老是被摔坏，吃饭越来越迟，她就知道次子早已对她不满了。她尽量不跟次子照面，虽说在同个屋檐下，很难不相逢，可祖母也有办法调整自己的作息不去看他的臭脸。

祖母此后白天睡觉，晚上出来活动，与别的老人完全相反。她花了很长时间适应被打乱的生物钟，就像当年她花了很长时间习惯生儿育女的婚姻生活，花了更长时间习惯守寡的日子。她相信自己很快也能习惯这种仰人鼻息的年月。她把昼伏夜出当成自己晚年最重要的生存法则，只要看到有月光透窗的时候，她就知道夜晚到来了，只要看到舌苔白的黎明出现时，她就知道白天来到了。夜晚到来，她会从床上起来，白天来到，她会回到床上。她每天只在活动的夜里吃一顿饭，白天则用睡眠抵抗饿意。她在夜里希望白天永不到来，在白天却希望下一秒钟天就黑了。一天二十四个小时，白天和黑夜各占一半，她却恨不得这个世间永远夜长昼短。

她需要在夏夜减掉身上的衣服，还要避免被蚊虫叮咬，并在黎明时分抢在鸡鸣前回到床上，以免被早起做饭的家人发觉；冬夜她则需要添衣加裳，还要留意脚下的冰霜，并在天亮后制造噪声，省得赖被窝的家人忘了起来做早饭。经过多年日夜颠倒的生活，祖母早已能准确看出每个季节的区别，它们除了气温不同，星辰的亮度也有极大不同。夏夜的星辰在天空这把筛子里就像大米，而冬夜的星辰则像米糠，前者的明亮让天空仿佛近在眼前，后者的混浊使夜空犹如远在天边。

祖母在生命的最后几年，已然忘却了白昼的模样，就像别人早已把她给忘了。她藏身夜晚，提前过上了死后的生活。她的家人也渐渐忘记了她的存在，有时误闯进她的房间，看到踢到地上的被子时，才会摸摸头皮意识到原来她还在。开始家人还会怕被人说闲话喊她白天起来活动，但看到的老是她执拗的后背，也就随她去了。

家人一致认为祖母上了年纪没必要再单独住一间房，不过他们也不敢真赶她到茅厕。他们的做法是占用她的房间，次子先把秋收的大米搬进去试探一番，见她没有任何反应，儿媳妇紧接着又把农具放进去，看她还是没有反应，放假归来的孙子又把不用的课本丢进去。

祖母的房间最后除了那张床，其他空间都被家人的不怀好意占用了。虽然习惯了白天睡觉，可她有时也会在白天突然醒来，因为新收的粮食发出的谷香让她想起了从前自己在田里挥汗如雨的艰难岁月。那时，她比男人还能干，每到农忙时节，她都会带着儿女去田里插秧播种。儿女还小，她要一边照顾他们，一边干农活。她知道守寡的自己必须比别人卖力，才能把儿女养大成人。当她站在金黄的稻田里迎接秋收时，俨然看到儿女也在自己这棵稻穗上成熟一般。搁到房间的农具经常会因为没放好，摔倒在地，当锄头柄撞到地板时，祖母在床上就会心跳加速，好像心脏突然被擂了一拳。她仍记得捏锄头柄的感觉，只要握上锄头，不管田土有多硬，她都能用锄头把它掘松。她用锄头挖走了一个又一个四季，没想到最后闲置下来的锄头却去咬她的心。有时她会忘了关窗，吹进来的风就会翻开那些弃用的课本。每次听到风翻书的声音时，祖母内心的疑惑就会比第一天上学的学生还多。她不明白为什么孙子会把看完的课本丢进她房间，再也不想去翻一翻？种粮食的土壤有休耕期，是为来年能有更好的收成，学知识的课本被人遗弃，难道说学问也会过期？

祖母爬起来把门窗关严，风终于停止了乱翻书，那些封面蒙尘的课本没被合上，它们有的翻开了一页，有的翻开了一半。翻开一页的书看上去还很新，里面也没做多少笔记。翻开一半的则破旧很多，里面用黑蓝红三种圆珠笔密密麻麻写满了笔记。没想到来自晚春的风也喜欢复习学过的知识，不喜欢预习没学过的知识。她把锄头扶起来，包浆的锄头柄碰到了她手上的老茧，她发现自己再也摩挲不出锄头的温度了，她看着生锈的锄刃，上面还积有厚厚的春泥。为了避免锄头再倒地，她干脆把它横放在地，锄刃仰躺在冰凉的地面，就像一个油尽灯枯的老人死前还不忘抬高双腿，好让自己能舒服一点。揭开米缸，祖母看到米缸里的新米很粗糙，里面还有稻草，看来次子碾米手艺欠佳，没能让谷子彻底脱壳碾白。她细心翻拾米里的稻草，确保家人不会被伤到胃。

祖母转身看到自己的床，她的床如今在这间房成了多余。她不顾老迈的身躯，强行去把床挪位置，可是不管横放还是竖放，不管床头朝东还是向南，这张床就是怎么看怎么不对劲。床比房门大，若把床搬走，必须要把床拆了，祖母还有余力挪床，却无法拆床，这属于木匠的专业。当初为祖母打造这张床的老木匠早就不在了，年轻一辈的小木匠她一个都不认识，于是她只能把床继续留在自己房间。每天睡觉时，她躺在床上就像躺在稻香扑鼻的田野里，也算因祸得福。

祖母此刻坐在茅厕旁的枯木上，被蝼蚁蛀空的木头让她整理起自己被装订错误的生命之书。她在夜空里不断往前翻阅自己的过去，但这本生命之书的开头却忘了写字，她最早的回忆仍是婚后的日子。然后书页一下翻阅到现在，中间的内容她却怎么也想不起来。当命运永远停留在青春与晚年这两个时间节点，当这本书的开头和中间皆被岁月长河偷走，祖母突然发现自己这辈子白活了。可她没有伤悲，因为还有眼前这座房子可供她回忆，睡在里面的家人在夜晚发出匀称的鼾声，放在里面的粮食依然等着日复一日让家人果腹，直到他们也慢慢变老。只要这座房子还有呼吸，还有余粮，她的生命就算真的无法装订成册，也没什么大不了。

天快亮了，她慢慢从枯木上坐起，借助熹微的晨曦，她看到枯木中间被自己坐塌了。她让它承受了一夜的重压，发现它的年轮也变得紊乱，她甚至看不清上面到底有没有年轮，更不用说有几圈了。她缺页的生命跟枯木潦草的年轮达成了默契，她觉得自己或许也能枯树逢春。

阳光晒到了墙上，却把屋檐当成了墨斗，使得门前半明半暗。正好让返回房间的祖母想起了自己这段时间的现状。她要尽快走到屋檐下，踏到黑白交界处，打开那扇布满脚印的房门，回到弥漫着稻香的房间。可她开了门，却没走进去，因为她发现门上多了几处脚印。这几处新脚印不像解放鞋和凉鞋踩出来的，倒像是让她感到陌生的球鞋踩出来的。

祖母首次没有在白天睡觉，她坐在房门前，看看是谁吃饱了没事干，往她门上踩脚印。一宿没睡，她坐在椅子上连连发困。稍微有点动静，都会让她强行撑开重眼皮，见只是一只苍蝇，眼皮又会颓然关上。太阳照常升起后，途经门前的人越来越多，他们牵着牛，扛着犁，看到屋檐下有个在打瞌睡的老人。这个老人的头像拨浪鼓一样晃来晃去，有人怕她摔倒，过去搀她回房间，可她却像在凳子上生了根，怎么也搬不动。思睡的祖母还不忘叫住每个路人，让他们把脚抬起来，她要看看他们的鞋底。路人以为是祖母的院子不许脏鞋过路了，纷纷把脚抬起来，让她检查自己的鞋底究竟有没有踩到脏东西。祖母看到他们的鞋底踩不出门上的球鞋印，又放他们过去了。

祖母没找到弄脏她房门的人，她不想再找，因为再不上床，她就要在屋檐下睡着了。而且家人也快起来做早饭了，她不想让他们撞见自己在白天出没，招惹不必要的是非。她起身搬凳，准备进入那个连床底也被杂物占用的房间。可她毕竟老了，再加上一宿没睡，始终摸不到眼前的门把手。这扇区分她生命中白天黑夜的房门，如今却让她寸步难行，她被门挡在了门外。她愤怒地用脚踹门，门上旋即被踢出了新鞋印，与之前的球鞋印一模一样。祖母低头去看自己穿的鞋，发现自己竟穿了一双球鞋。

晚年的祖母没有新鞋穿，她只能从房间里捡家人不要的旧鞋穿。她先穿上次子那双露脚趾的解放鞋，踏遍了门外春秋两季的夜路；后穿上儿媳妇那双鞋跟被踩低的凉鞋，趔趄着走进秋冬凝霜的茅厕里解手；当她穿着孙子的球鞋坐在夜晚的枯木上时，时间又回到了春天。

她用不同季节的鞋子让自己的双脚四季轮回。每次黎明到来后，回房间的祖母都会被自己离开时亲手关上的房门挡在门外。这时她就会因为打不开房门而暴跳如雷，她会使劲用脚踹门。被吵醒的家人这时就会怒气冲冲地从床上起来，下楼帮她开门，把她推搡进房。

她发现门上的鞋印与她有关，不好意思再踹门，而是耐心等待家人自然醒下楼帮她开门。她坐回屋檐下，头靠着墙壁睡觉，可是不在床上，她睡不着。家人久等不来，她感觉自己成了一棵树，结出的果实先后落地离她而去，枝繁叶茂也只是曾经。

她越想越气，便起身再次拿门出气。白昼的阴影迅速在切割房子。她听到无能为力的门窗甘愿屈服在她脚下，她听到房间里的大米不再日夜兼程奔赴肠胃，她还听到房子像再也留不住锅碗瓢盆的笊篱。她怕屋内的东西跟自己的精力一样丢失，不敢再踹，而是瘫倒在凳上，继续等待别人来帮她开门。

中午时分，楼上的房间还是没有动静，没有人掀被子起床，推开关了一夜的房门。整座房子都被割去了舌头，不会再说话。祖母一直留意房子，没有留意门前贯穿院子的大路，当熟悉的喇叭声再次从路面传来，祖母继续用脚踹门。

次子摘下头盔,跳下摩托车,踩到祖母矮小的影子,说:"你再发癫,看我敢不敢让你独自去茅坑里扇炉子生活?"

祖母说:"你休想把我当成屎屙掉。"

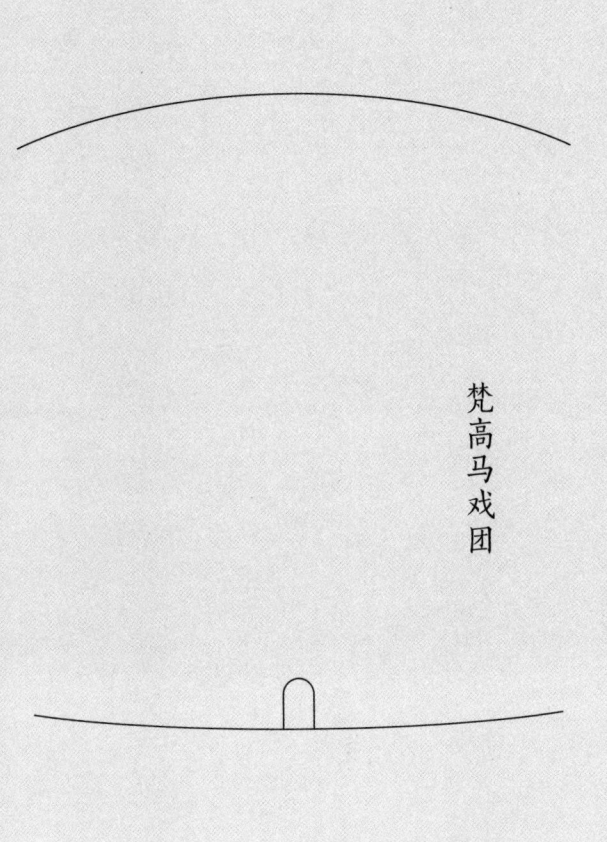

梵高马戏团

一

初三下学期,我得知梵高马戏团的老莫要走。他和别的驯兽师不一样,其他驯兽师把动物当成生财之道,老莫把动物当成朋友。老莫在南来北往中放生了很多动物,来到这个县城,清点发现,还是留下了老虎、狮子、大象和狐狸。这些动物愿意表演就表演,不愿意就可以躺笼里睡一整天。动物集体罢工的时候,就换成老莫登台表演,老莫能活灵活现还原动物们的叫声与动作,却不能替它们钻火圈、滚气球和喷水。

刚开始，县中学对老莫表现出了极大的善意，在学校附近给他盖了一座动物园。说是动物园，其实就是在一片废墟上面盖了几个笼子和搭了一间老莫住的房间。作为报答，老莫需要在每年中考完后到学校表演一番。起初表演效果很好，后来就一般了，等我升到初三后，他已经很久没在学校表演了。

老莫是靠走穴糊口的，碰到理发店或鱼铺开张，老莫和他的动物们就出现了。老虎钻完火圈，狮子滚完气球和大象喷完水后，动物中最聪明的狐狸就会去收钱，不过收不到多少，因为一望即知，老虎偷懒，狮子老了，大象确实喷了很多水，但也屙了好几坨大便。那只狐狸更不用讲了，竟敢偷东西，有假发、剪刀、洗发露与几条臭鱼。

好几次老莫都想放了这些动物，但又怕它们丧失了生存能力，一旦放了就是个死。每次表演完，老莫都会考虑这个问题。考虑问题的老莫一动不动，但他那些动物却很好动，这都把象鼻伸进了别人家里。

伸进的是佛爷的小卖部。佛爷一看吓坏了，他的店铺除了顾客，就属小偷最多，现在好端端又出现一头大象，所以佛爷就差点儿被踩死，好在思考完问题的老莫及时赶到,这才把佛爷从鬼门关拉了回来。

也是不吓不相识,从那以后老莫和佛爷就成了知交。佛爷有事没事就爱请老莫到家里坐坐。老莫孤身一人,未曾感受过家的温暖,看到佛爷家里挂了女人衣物,厨房里飘出了饭香,房间里有儿女的打闹声,顿时抛洒一片热泪。几次下来,老莫就习惯了,对佛爷的家庭生活也道是平常,尤其看到他家衣服乱丢、垃圾不倒、儿女不听话时,还是觉得跟动物在一起最舒服,没那么多烦恼。

佛爷也看出了老莫的变化,下次找他时,就不再把他请到家里,而是请到小卖部。在他们聊天时,学生还没有下课,小卖部很冷清,得以让他们听清彼此说话。学生到了下课时间,老莫也是时候走了。看上去他们是在说话,但每一次都是老莫在学动物叫。学动物叫是个体力活,往往几种动物学下来,老莫就口干舌燥、饥肠辘辘,可抠门的佛爷却去偷学生的米饭借花献佛,所以几年后老莫得知真相时,就觉得佛爷这个人不讲究,要离他远一点。

老莫正把动物从笼里放出来。我站在废墟上看着老莫的背影,跑过去。

我说:"老莫你能不能带我一起走?"

老莫回头看到了我，他没有说话。他已经不像三年前那样喜欢逗我了，他觉得我已经长大了，不能再随便开玩笑了。不管我怎么说，他都用一个大人的方式跟我对话，现在他准备继续用这种方式跟我对话。

他说："你想好了吗？"

我拼命点头。

老莫不信，带一个人比带一群动物麻烦，要是走到一半被人举报拐卖青少年那就糟了，而且，他看出我不是真的想走，只是想出去透透气。麻烦就麻烦在这，等我出去透完了气，接下来就要思乡了。如此一来，他就要再带我回来，折腾一大圈，只是为了喘口气，你说气不气人？

老莫表示如果到时我一个人可以回来，带我出去一趟没问题，他可不想再带我回来，因为他发过誓这辈子不再涉足此地，若有违此誓，便命丧虎口，或被大象踩死。他十六岁开始跟动物一块，我今年也刚好十六岁，十六岁既然可以跟猛兽打成一片，找到回家的路按理说不难。话虽如此，老莫却并无把握，因为他的十六岁和我的十六岁未必一样。他十六岁时往北去过黑龙江，往西去过新疆，往东去过黄浦江，往南来到此地的汀江。

"而你这个胆小鬼，连走个夜路都会被吓破胆，哈哈。不行，不行。"老莫笑道。

"老莫，你怎么能把我跟你讲的事说出来，你是不是跟别人也讲过？"我一脸不开心。

"没，没，我是这种人吗？不信去问我的宠物。"他用手指了指那些动物。

对他来说，这些老虎狮子是宠物，对我来说却是吃人的怪兽，我可不敢去问它们。我喜欢听老莫讲话，他的话中带有西北迷眼的风沙，东北醉人的枫叶和来自海南清新的椰香，尤其在他戴上那顶饱经风霜的牛仔帽时，更是能迷死人。不过今天我对他的话一点都不喜欢，不是他不愿意带我走，也不是他用那些动物吓唬我，而是他学坏了。

本来我只是随口一说，不见得从此就会讹上他不松手，一个轻易可以过去的话题，非搞复杂了。更气人的还是对我学业的轻视，我的确学习成绩上不了台面，但那是总分，单科拎出来，可没几个是我对手。

就拿地理来说吧，我知道南北方的交界是秦岭淮河；位于燕山以南、太行山以东，东面临海的是华北平原。就跟人有骨头才能行走一样，我知道中国主要由五大类山脉共同支撑起九百六十多万平方千米的辽阔大地，这些山脉是中国的脊柱，支撑着五十六个民族千百年来生生不息。在这样的国度里，我岂会迷失方向？再不济，也能摊开地图，寻找自己的坐标，然后找到天上的启明星，在其指引下，慢慢找到故乡的方向，一步一步回到家乡。

老莫被我说得语塞，久久不再言语。一番辩白下来，贯通了我的心脉，令我神清气爽。我昂首走出废墟，忘了此来的目的是让他带我一起走。

老莫叫住了我，我转过身看到他追到我跟前，往我手心塞了一张照片。我把这张照片放到黄昏下，发现是十六岁的老莫露着一口白牙对十六岁的我微笑。当晚，我们聊了很多，我第一次抽了烟，喝了酒。

最后我问：

"你要去哪里，以后还能再见吗？"

"以后你想我了就看天，最亮的那颗星就是我。"老莫醉了，净说胡话。

二

梁彩霞到了适婚年龄，有人看上了她，想跟她谈朋友。梁彩霞把眼睛一翻，有些吓人，这人以为她要狮子大开口，要房要车要全世界，没想到梁彩霞却说：

"你能帮我改名吗？"

"你不是有名字吗？"这人问。

"我不喜欢我的名字，我不仅要改名，还要改姓，你的姓就很好，我打算跟你姓，叫林徽因。"

没想到却把来人吓跑了，以为碰到个女疯子，从此再也没在梁彩霞面前出现过。梁彩霞不愁谈对象的事，就愁怎么顺利把名字改了。去派出所，户籍民警让她说说改名的理由，还是老一套，嫌俗，民警见她有些胡搅蛮缠，就打电话让她家人把她领回去。

还是有很多人想娶她，但梁彩霞还是见一个吓跑一个，比如碰到个姓马的，就要叫清代女画家马荃的名字，碰到个姓孙的，就要叫刘备的老婆孙尚香的名字。长此以往，大家都知道有个脑子不正常却长得不赖的梁彩霞。

可她不认为自己有问题，去教书不是教师福利好，或者想培养出人才，而是教书可以在唐诗宋词元曲明清小说里看到许多响亮的名字，却忘了这些人不是因为名字好听才名垂青史，而是做出了贡献才彪炳史册。她把因果搞反了。

也是天生吃这碗饭的，除了提起名字会急眼，业务能力真没的说，每年教的初三毕业班，都有七八个语文成绩在全县名列前茅，尤其指导的作文，更是拿遍了县里所有大小比赛的冠亚军。

教起书就忘了人生大事。不急是骗人的，前几年纠结一个名字，错过了许多合适的男人，现在擦亮眼睛，遍地看去，出现在周围的就不是壮小伙，而是挺着将军肚、头还有些秃的中年大叔，才明白自己在婚恋市场成了白菜价。不甘心，但不甘心还能怎么着，再拖几年，白菜价就会变成跳楼大甩卖。

话是这么说，但还是想再等等，起码要先谈恋爱再结婚。可以不用聘礼，但得补上她少女时期缺失的浪漫。这种浪漫具体表现为，每周去市里看一次电影，逛一回书店；花不要送太多，每天有一枝沾有露珠的红玫瑰就行。其他就没什么了。都是一些很合理的要求，按理说应该不难，但就是没有一个人主动来找她，与她谈一场浪漫的恋爱。

过了几天，也就想开了，这些条件看似不难，貌似比出个十几万聘礼容易，就是麻烦，坚持一两天不难，难的是每天做到。这么算下来，还不如直接出钱，省得费那么多事，再说每天上哪去摘带露的玫瑰花，现在狗尾巴草都难采，结婚就是奔着生娃去的，还婚后五年才考虑生不生，这可不像讨老婆，倒像在伺候一个祖宗。

眼看自己一天天枯萎，梁彩霞反而不急了，教书也更认真了，夜里伏案到十二点，在学生试卷上圈出的错别字几乎能凑成一本《新华字典》，写的作文评语都能出好几本长篇小说了。说来也怪，人到三十，精力却愈发旺盛，熬完一宿，第二天还能准时醒来，随便洗把脸，吃点早餐就夹着备课本去上课。

镜子里的她多了一股成熟，头发剪短了，烫了个波浪卷，好打理，也省事，常年穿一身黑衣服，热天时也戴一顶黑帽子，一副参加葬礼的派头，参加的不是别人的葬礼，而是自己的爱情葬礼。全身上下就那双高跟鞋有颜色，这是一双红色的高跟鞋，走起路来铿锵作响。到了这个岁数，穿高跟鞋不是为了打扮，而是进教室前能用元宝落地的声音提醒学生快点坐好，别再说话吃零食了。

走进教室，看到学生都端坐着，很满意。把腋下夹的备课本放到课桌，是一叠试卷，分数由高到低排着。她念前面几张试卷的时候很开心，念到一个名字就抬头看一眼学生，学生上去接过她手中的试卷，也很开心地回到座位。念到后面的试卷，她脸色就难看了，也照旧看一眼来拿试卷的学生，但此时眼里就多了一股恨铁不成钢的意味。

发完全部试卷后，先夸一夸考了高分的，尤其作文写得好的，再骂一骂考砸了的，尤其作文离题的：

"真是猪脑子，说了多少遍，作文要认真审题，认真审题。"

夸完骂完，让学生把做错的地方仔细看看，看完再讲试卷。学生看试卷，她就走到窗边，想看看远方绵延的山脉，弥漫在崇山峻岭之间的晨雾总会让她如释重负。但她没看到山脉和晨雾，她教的初三毕业班在一楼，只能看到围墙，围墙用红漆写满了"科教兴国"之类的词语，只好揉揉眼睛，回到讲台，准备讲试卷。刚捏起粉笔，就听到有人在敲门，一看是个大耳垂、身穿白色厨师服的中年男人。

"你是哪位同学的家长？"梁老师问道。

"我还没结婚，我是来找你的。"对方答。

这人找了梁老师三回后，就没再出现了。学生看出了老师的变化，他们的语文老师不穿黑衣服，不戴黑帽子了,红色高跟鞋还穿着,但明显干净了很多,人也活泼了,爱笑了,上课也会聊些书本之外的内容。

梁老师结婚了,老公是宿舍外头开小卖部的佛爷。他用一句话让梁彩霞打消了改名的执念:

"如果是我入赘到你家,把我的姓名改了没问题,现在是你嫁给我,还要你跟我姓,那我岂不成了两头便宜都占的王八蛋?"

民政局的人笑了。梁老师也笑了。她身上的铠甲到头来竟被一句话给戳破了。这么简单的道理,她生生花了十年的时间才搞懂,还是因为一个男人才弄明白,所以梁老师觉得嫁对人了。

我上初三后,梁老师跟佛爷结婚七年了,生的一对儿女也五六岁了。她教我时,笑容又不见了,据说跟婚前一样一样的。她跟佛爷的婚姻出了问题,其实出问题是正常的,不出问题才是不正常的。问题出在没话可聊,佛爷说的话梁老师不喜欢听,梁老师讲的话佛爷也没兴趣,一个认为在家里还不如在小卖部放松,另一个也觉得在家里还不如在班里愉快。

就像歌里唱的那样:

"我们变成了世上最熟悉的陌生人。"

当老莫跟我讲这些的时候，我好像第一次认识我的语文老师。我的数学成绩很差，不过语文成绩却很拿得出手，尤其是作文，经常代表学校参加县里的征文比赛，拿到的名次拾起了在其他科目上丢掉的尊严。梁彩霞每次上课，不夸别人，唯独对我又夸又骂，夸我有写作天赋，骂我其他扯后腿的成绩会浪费我的天赋。

那时，我天天盼着上语文课，后来梁老师也不夸我了，不管我写出多好的作文，都不会再让她吃惊，她已经习惯了。可是我还没习惯没人夸的日子，于是有几次我故意作文离题，果然，梁老师上课又注意到我了，她让我站起来：

"你怎么回事？作文怎么才这么点分？以前的那个林樊攀哪去了？"

我心里吃了蜜一样甜，虽然她夸的是过去的我。后来，我就成心逗她，每次她对我的成绩习以为常时，我就故意考差引起她的注意，然后在她行将放弃我时，我又冷不丁写出一篇高分作文让她惊掉下巴。

不过我对她的了解仅限于此，生活中的她我一概不知。若非那天老莫拉着我到他房间喝酒，我也不会从他口中得知这么多关于梁老师的底细。

老莫的出走，表面上看是认清了佛爷的真面目，其实是和梁彩霞有关。佛爷第一次邀请老莫去家里做客时，正好是周末，梁老师不上课，吃的是她掌勺的饭。说实话，味道一般，那道清蒸鲈鱼鱼鳞都没刮干净，还忘了放醋，腥味很重。而且佛爷的那两个小孩太闹了，简直是大喇叭一样，吵得话都听不清。不过在老莫的眼里，那顿饭是世界上最美味的，那两个小孩是全天下最懂事的，尤其帮他盛饭夹菜的梁老师，更是宛如天仙一般。

梁彩霞那天穿了一件低胸衣，微露的乳沟就像起伏的山脉，老莫当场就想定居在那里，从此不再风餐露宿。在最开始的拘谨后，老莫的胆子放大了，有意无意地瞥一眼她的酥胸，一顿饭下来，筷子没夹几回，厕所去得倒勤。在厕所里浇水敷面，让滚烫的内心冷却下来，刚想出来，瞥到厕所挂的胸罩，又不行了，再次拧开水龙头洗脸。

佛爷在外头说话：

"老莫你没事吧。"

老莫擦擦脸打开门，回道：

"我没事。"

梁彩霞看到老莫一脸是汗，拿出毛巾给他擦。老莫把毛巾盖在脸上，闻到一股若隐若现的香味，扶凳坐下来，以免下身又起物理变化引他们注意。擦完脸后，老莫的脸更红了，佛爷冲梁彩霞嚷道：

"买的菜是不是不干净？瞧把老莫折腾的，这都去第十趟厕所了吧。"

后来佛爷才知道，不是买的菜不干净，而是老莫的心不干净，一看到他的老婆，就走不动道了。但在当时看来，这就是一次普通的晚餐，是第一次正式邀请老莫上家来，说白了就是认门。谁能想到，领家来一趟，就学会了不经主人同意溜门撬锁，这溜的还是他老婆的门，撬的也是他老婆的锁。

但在老莫的嘴里，又是另一种说法。他没有主动找过梁彩霞，都是她找的他，虽然大都在佛爷的家里。晚餐过去几天后，他正在废墟里的动物园睡午觉，突然听到一阵剧烈的敲门声，开门一看是胸部高低起伏的梁老师。老莫看了看四周，好在没别人，只有那些关在笼中的动物在伸懒腰。

"佛爷找我吗？"老莫问。

"不，是我找你，让我进去再说，外面怪热的。"梁彩霞说。

"还是在外面吧。"老莫说。

趁老莫不注意,梁彩霞从他胳膊下钻进去了。老莫把门关上,梁彩霞笑道:

"你把门一关,倒真像有什么了。"

老莫又把门打开,梁彩霞还笑:

"不怕别人瞅见了?"老莫头大了,还是梁彩霞过来把门关上的。

梁彩霞继续说:

"上次让你跑了十次厕所的不是那些菜,是我吧。"

老莫脖子都红了。梁彩霞拿起他的手,放在自己的胸上,但老莫的手却僵住了,梁彩霞又笑:

"现在没人又不敢看了?"

说完,梁彩霞的嘴就贴上去了,手就掏下去了。老莫对这种事没多少经验,紧闭着嘴不知道该怎么办,梁彩霞示意他张嘴,他嘴倒是张了,但还是咬紧了牙关。梁彩霞蠕动着舌头,掰开了他的牙齿,找到了里面那条干涸的舌头,缠在了一起,彼此都迎来了大旱逢甘霖的洞房花烛夜。

"你知道我为什么找你吗?"梁彩霞问。

老莫摇摇头,对发生的事还没回过神来。

"我不是喜欢你,我是喜欢你身后的足迹。"梁彩霞问。

在上次那个饭桌上,老莫在酒精的助兴下,第一次讲起了自己的生平。他从自己十六岁开始讲起,一直讲到五十岁的现在,中间涉及中国大部分城市。就是这些只在电视上和书上看过的地名,头一回让梁彩霞有了亲历的感觉。

"你带我一起走吧。"梁彩霞说。

老莫还是没有说话。梁彩霞已经在穿衣服了,穿好衣服后,看到老莫皱着眉抽起了烟,一把抢过,吸了一大口,差点儿咳晕过去:

"这烟有什么好抽的,怎么那么多人喜欢抽?不急,我给你时间考虑,现在你还没咂摸出味,等上头了你就知道好了。"像是在说烟,又像在说酒,更像在说她自己。

梁彩霞没说错,过了几天,老莫真的咂摸出了滋味,又不敢主动去找她,只好在佛爷请他去小卖部学动物叫时,侧面打听她的情况。佛爷对梁彩霞早就有一肚子不满,一听到她的名字,就吹胡子瞪眼,一个字都不想提。

老是这么黑不提白不提,老莫就不爱去小卖部了。但佛爷却一天比一天热情,老让他学动物叫,还许以重利,比如小卖部的东西随便拿,食堂的饭菜随便吃。但老莫对这些东西都没兴趣,一心惦记他老婆,好几次想跟他挑明,可话到嘴边又咽回去了,伸出舌头舔了舔唇,发现唇干了,可滋润他唇的那个女人却还在上课。

老莫找个理由:

"我今天有事,先回去了。"

佛爷看了看时钟,说:

"这么早回去是不是金屋藏娇了?"

老莫忙撇清关系:

"没没,谁会看得上我这个老光棍啊。"

一溜烟走了,来到那个十字路口时,没下雨,却在人群中发现一把彩虹伞,从伞下露出一张让他心跳的脸。对方在旋转伞柄,然后往右走去,老莫会意,偷偷跟了上去。

一进门,老莫问:

"佛爷不会回来吧。"

"瞧把你给吓得。他傍晚才会回来。"梁彩霞支起伞放到玄关处,老莫松了一口气,从背后抱住了她,伸手去掀她的裙子。

"为我穿的裙子吧。"老莫很兴奋。

"莫梵,别动手动脚,我上次说的那事想好没?"梁彩霞打掉了他的手。

老莫叫莫梵，他的动物园叫梵高马戏团。梁彩霞喜欢他的名字，也喜欢他的马戏团名字，可不喜欢他这个人，也不喜欢他的动物。他这人胆小懦弱，他那些动物死气沉沉，人是白瞎了"莫梵"这个名字，动物是白瞎了"丛林之王"的称号。她梁彩霞也是瞎了眼，跟这样的人发生关系。不过老莫也并非一无是处，起码聊起生活之外的事，就变了一个人。可话又说回来了，生命是由百分之九十的庸常和百分之十的激情组成的，不能每天都离题万里，需要时刻紧扣主题，如此方能让人生这篇作文取得高分。

这些话中既有佛爷的影响，也有她自己的观点。本来她的人生全是那百分之十的激情，还是佛爷的出现，中和了她的人生观，让平淡与激情势均力敌。不过跟佛爷一起生活了七年，又受够了激情日益褪色的生活，现在好不容易来了个老莫，是时候激发潜藏已久的激情了。让老莫带她走，就是激情完全迸发后的产物。

如老莫二话不说就带她走，或许梁彩霞会犹豫，但事到如今，他还没个准话，她就真想走了。

老莫一边摸她，一边答她：

"你先跟佛爷离婚我就带你走。"

离婚再走和没离婚再走，虽结果相同，但性质不同，起码在佛爷那有个交代。没离婚就不好办了，即使逃到了外地，要想重新过日子，还是得登记结婚，民政局一看：

"哟，这婚还没离呢，又想再结一次，这不摆明想犯重婚罪吗？"

到时又得回来办理一次离婚。麻烦不说，还会对佛爷造成二次伤害，所以最好的办法就是梁彩霞现在以感情不和跟佛爷摊牌。本是图个刺激，没想到还有这么多枝蔓，换梁彩霞犹豫了。老莫的话没错，合乎情理，梁彩霞挑不出理儿。

看梁老师左右为难，老莫松了口气。他这个人，擅长把问题抛给对方，把自己从困境中解脱出来，不管最后能否真正摆脱困境。现在，他把难题抛给了梁老师，以为吃定她了，便不急于一时，慢悠悠坐到佛爷客厅的沙发上，抽起了烟。佛爷是不抽烟的，所以梁老师一闻到烟味，忙拽开窗户，让他快把烟掐了。

老莫示威似的，又吸了几口才掐灭烟，但他没听梁彩霞的话把烟蒂丢出窗外，而是丢进了脚跟前的垃圾桶。

"容我想想。"梁彩霞真的为难了。她关好窗，坐到了老莫身边。老莫的手又不老实了。

三

老莫是在一个炎热的九月来到这里的。本来他打算先在此地停留几天，稍作休息，然后前往下一站。不承想，那些动物来到这里后，不走了，即使用鞭子抽，用食物诱，这些老虎狮子大象狐狸就是躺在地上不起来。原以为过几天，它们就会奋蹄继续往前走，但酷热的九月过去了，还是没有想走的意思，照常躺在那片废墟上闭眼打瞌睡，让它们起来表演，也不听，逼急了就冲老莫咆哮。老莫不敢再挥鞭，倒不是害怕被老虎咬，被大象踢，而是有些心疼它们。

校长刚开始不知道县里来了马戏团。他是一个深居简出的人，除了必要的应酬，整日待在办公室，学校有事时，只要去敲校长办公室的门，准能找到他。敲门找他的不是老师，就是想赞助学校的乡贤，但这天却是一个笑哈哈的学生敲响了他的门。

"请进。"

"校，校长，有大象。"

"林樊攀,你不好好上课,跑我这来干吗?什么大象?"校长扶了扶眼镜。

我没再说话,拉上校长的手就要出去。校长让我等等,我停下来,去看校长把拖鞋换成皮鞋,就捂嘴笑了,说:"只是大象,不是去见领导,没必要穿皮鞋。"

"那哪行,只要走出这扇门,我必须要穿得体面。"

我还没到理解这句话的岁数,干脆不去想,在前面给校长带路。当我们来到那片位于教学楼和宿舍楼之间的废墟时,已经人满为患了。刚好是午休时间,平时师生都抱怨午休时间不够,现在不躺在床上,却跑来看什么大象。因此刘校长就有些不满了,不过当他看到废墟上真有大象时,很快也跟师生打成一片。他擦干净眼镜,是为了看清象牙。他挤进人群,是为了看清老虎头上的"王"字。最后他驱散师生,则是为了他们的安全考虑,因为他怕这些猛兽会吃人。

老莫不知道他是校长,看到他轰赶人群,很不高兴,他跳下象背。他经常躺在象背上午睡,尤其在夏天,更是如此,因为蒲扇一样大的象耳会给他扇凉。到了冬天,他就喜欢躺在老虎或狮子的身上睡觉,因为它们的毛发可有效御寒。当他睡在象背上的时候,他的狐狸也会躺在他的身上；当他睡在老虎狮子的毛发里的时候，狐狸也会钻进去用自己的尾巴给他暖脚。老莫从象背上下来，怒气冲冲地来到这个戴眼镜的人面前，喝道：

"你凭什么赶跑我的客人？"

"你知道这是谁的地盘吗？"

"管他是谁的地盘，老虎睡过的地方就是我的领地，大象踩过的泥土就是我的后花园，天王老子来也没用。"

眼前这个矮小之人说出的话，让校长倍感兴趣。他看这个马戏团的条件不怎么样，就试探性地问老莫，想不想住上房子。以为对方会拒绝，没想到老莫一听马上拉住了校长的手，高兴地说道：

"你说真的？"

"我刚才看你睡在象背上就很舒服啊，为什么还要房子？"

"敢情逗我玩啊，去去去。"

"我堂堂一个校长，怎么会说话不算话？"

"区区一个校长而已，别搞得像是省长。"

校长没多言语，而是遥指刚建好的学校，而后凑到老莫跟前，告诉对方他可以让成百上千的师生用上新教室，几头动物就更不在话下了。这番话得到了在场师生的强烈认同。

"现在你可以回答我刚才那个问题了吧。"校长说。

"那些动物为我乘凉保暖,我也要给它们遮风挡雨啊。使不冻馁,是我的责任,也是我的使命,但这些必须要借助房子。"老莫回道。

刘校长之所以最后帮了老莫,不是因为他说出的漂亮话。活到他这个年纪,听过的漂亮话比看过的漂亮女人还多,已经对这种话免疫了。帮他是因为不忍心看那些动物没有家,它们已经丧失了自由奔跑的丛林和沙漠,不能再让它们生活在人类的眼皮子下,那片废墟不仅可以让它们尽情舒展身子,平时还没有人类过去打扰。可以说,这是校长的自以为是,他把这些动物想得太脆弱了,以为是他家胆小的猫呢。看在对方一片好心的分儿上,老莫没有反驳他,而是欣然接受了这份天大的礼物。

那时,我不再满足于拿县一级的小奖,我要拿大奖。要拿大奖必须参加全国性的征文比赛,最好是北京举办的。为了这个目的,我每天去买报纸或者杂志,不是为了看上面的新闻和文章,而是查上面有没有刊登全国性的赛事。

功夫不负有心人,在初三下学期,终于被我查到了一个大型比赛。在教室里花了几天时间写完，内心惴惴地寄到北京，半个月后，还没有消息，死了心。没想到一个月后接到了去北京复赛的通知，大喜过望，马上告诉语文老师梁彩霞。她比我更高兴，帮我打电话通知我父母。我父亲在电话里听了，吞吞吐吐，因为来回路费不说，我一个初中生从没出过远门，怕路上被人贩子拐了。

"放心，路费我会出，我也会带他去北京。"

"有老师陪，那我就放心了。"

要去北京，必须先去找校长请假。梁彩霞带我到了校长办公室，告知了来意，刘校长先是很开心，看到复赛通知后，脸就拉下来了。

"不行，这是骗人的，哪有比赛还要交钱的？"

"不去看看，怎么会知道是不是骗人的？"

"反正我不会给你们准假，要是出了什么事，学校可担不起这个责任。"

梁彩霞看校长油盐不进，只好安慰我道：

"这回我看就算了，等下次有更好的机会我再带你去。"

"我偏要去，我一个人哪怕借钱也要去。"我梗着脖子道。

梁彩霞没办法，只好把这个复赛通知拿给学校所有的老师看，让他们帮忙分辨此事的真与假，但却让人传了闲话。他们觉得一个男学生跟一个女老师，要是没有师生以外的关系，犯得着这么上心吗？这种话对我没什么，我其实更在意他们的另外一句话："哟，数学考个位数的人，还想去北京比赛，做梦还没醒吧。"他们此后一见到我就冲我热情地打招呼："这不是那个林大作家吗？什么时候去北京比赛啊？"我只好就地逃走。梁彩霞听到闲话后，从他们手中抢回通知书，交还到我手里。

也不知经了多少手，复赛通知变皱了，弄脏了，我只好用胶水粘好，用毛巾擦干净，一擦字迹又模糊了。我听到下雨的声音，低头一看，原来是自己的眼泪打湿了信封。我把信封放到宿舍的走廊上晒干，希望阳光能让我的梦想死灰复燃。我搬了一张凳子守在一旁。

梁彩霞的心冷了，为了让我完全死心，又给我家人打电话。她在电话里告诉我父亲：

"这件事是假的，但你儿子不信是假的，希望你劝劝他。"

"好险啊，幸亏老师及时发现，不然这兔崽子真被人贩子拐走了。"

父亲很少来学校看我，不是他不想来，是我不让他来。他一来就在教室外盯着我傻笑，嘴里的大门牙还缺了一颗，看上去别提有多搞笑了，而且还老爱叫我的乳名：

"老师，我来找红八子。"

"谁是红八子？"

"他大名叫林樊攀。"

"林樊攀有人找。"

同学已经笑抽了。我不情愿地来到门外，把父亲拉到角落，没好气地问：

"你怎么来了？"

"我来给你送鸡汤。"

"知道了，你快回去吧。"

我回到教室，那些同学从此不爱叫我的名字，叫起了"红八子"。我不知道父亲为什么要给我取这个乳名。他说贱名好养活。

那天父亲接完梁彩霞的电话后，在教室没找到我。有同学告诉他，红八子在宿舍。于是他来到宿舍找我，刚好看到我在宿舍的走廊发呆，以为我想不开，立即喊道：

"红八啊，别跳，有什么事下来再说。"

"我有名字，别再叫我红八子。"

"好好，我以后不叫了，叫你攀攀、阿攀，你喜欢听哪个我就叫哪个。你先下来。"

"你说真的？那爸爸你陪攀攀去北京吧。"

父亲一听很为难。他不是不愿意陪我去，而是没出过远门，耽误事不说，别最后父子俩都被拐跑了，但眼下又不能一口回绝，必须要先安抚他的儿子。于是他又露出那个没有门牙的笑容，说：

"成。"

"你骗人，你哪都没去过，知道怎么去北京吗？"

"你小叔林继明从北京回来了。我问问他可不可以带你去。"

"小叔回来了吗？爸，你别笑了，大伙都在笑你呢。"

我的父亲很听他儿子的话，他儿子让他别笑，他真的不笑了，他使劲儿藏起救回儿子的喜悦，憋得很难受，看到他儿子拿着一个信封从楼上下来了，终于松了一口气，如此一来，又让他的门牙像卸掉的大门，敞开了。

"爸，这就是那个复赛通知。"

最后父亲当我的面，拨通了林继明的电话。打完电话后，父亲的脸上却没再现我要的笑容。

"红八啊，不然下次有机会再去吧。"

"说了别再叫我这个乳名，怎么了？"

"他说他头回去北京就碰了壁,伤心了,暂时不想再去。"

我没再多说,抢过父亲手里的信封,挤出人群。走着走着,就来到了老莫的马戏团。老莫不在,只有那些动物在笼子里恹恹的,我坐在大象旁等待老莫的归来。

傍晚的时候,我终于见到了鼻青脸肿的老莫。他一见到我就表示要马上离开这个鬼地方,我也正有此意,拉住他的手,问他:

"能不能带我一起走?"

酒过三巡,星星已经出来了,老莫房间的几瓶酒也已落肚了,我也适应了香烟过肺的不适感。

老莫说:

"我走是为了躲,你走又是为了什么?"

"我是为了理想出走。"

"我很羡慕你有梦想。但看这比赛日期,好像明天就到期了,不过我始终相信梦想是永远不会过期的。"

"老莫,你的话让我很温暖。"

四

佛爷身上没几两肉，瘦得像被大象踏扁的蚂蚁，一笑两只眼睛像武夷山一线天，鼻头如蒜瓣，嘴巴像开了十石的强弓。最特别的还要数他的头发，自然卷，梳坏的梳子码起来差不多有一张桌子高，全身上下能看的就是那一对耳垂，走起路来不晃，不走路时却会动。历史上最有名的大耳垂要数刘备，史书上说他"大耳垂肩"，耳垂大说明福气厚，不是皇帝就是大官，但佛爷只是个厨子。

若是胖子，有大耳垂倒也说得过去，但要是个瘦子，耳大能扇风，就有些不合适，怎么看怎么不登对，就如他与梁彩霞的结合，别人都说佛爷捡了漏，他自己也以为撞了狗屎运，可据后来发生的事来看，恰是梁彩霞占了便宜。

承包食堂前，佛爷是个厨子。厨子都是脑袋大，脖子粗，卡拉OK式的大嗓门，说起话什么隔音的墙都不好使。可说来也怪，佛爷当了三年的厨子，说话却越来越轻，身体也越来越瘦。别人在一个地方当厨子最多只能当半年，因为会把饭馆越吃越穷，最后卷起铺盖被轰走，只得去另一家饭馆东山再起。佛爷能当这么久，正是因为他瘦，看上去不像会偷吃的人，说话也轻声细语，从不跟人急眼。

但说佛爷不会偷吃，就有些抬举他了。每次炒一盘菜，出锅前就会少一半，等盛到盘中，本来不大的盘子就会显得很空。厨师偷吃，就跟猫埋屎一样，是天性，起初是为了尝个咸淡，调料用手总掌握不了量，所以就要嘴巴帮忙。用筷子夹起一口，尝尝，有些淡了，再捏把盐撒进去，重新尝一尝，却咸了，如此一来二去，菜就越来越少。

所以佛爷不是真想偷吃，而是不得不如此，别人吃块肥肉马上就能在秤上显出来，他可倒好，在后厨偷吃了三年，一上称，得，还瘦了。饭馆也觉出了菜量变少，不过都没怀疑到佛爷身上，因为一看就不可能，再说捉贼捉赃，捉奸见双，想怀疑也没有证据。

佛爷最后辞职，不是觉得对饭馆有愧，而是怕再干下去会越来越瘦。一个一米七的大高个，只有一百零八斤，不是有病就是营养不良，佛爷没病，营养也比别人好，可还是瘦。他对经勺的那些菜没起疑，倒对自己的职业起了疑，以为自己不适合干厨子。但生来就与锅碗瓢盆打交道，打小就和柴米油盐过招，不干厨子也干不了其他，倒想换个职业，不过开车认不清方向，扛包没那个力气，教书没那个本事，所以转了一圈，还是回到老本行，但不再是厨子，而是承包食堂。

佛爷干厨子三年，从没跟任何一个人达到交心的地步，承包食堂后，竟跟梵高马戏团的驯兽师成莫逆了。

再说佛爷的身高，一米七挂零，要是北方人，这个身高就有些矮，但放在一个南方人身上，就显出挺拔了。可在梁彩霞看来，南方人一米七也矮，简直就是三级残废，虽然她自己只有一米五六。在她的印象中，身长八尺的赵云才勉强达标，像佛爷这样的，只能算三寸丁、谷树皮的武大郎。

梁彩霞虽然不高，可架不住高跟鞋帮忙，两者配合之下，就让她的身高达到了一种"增之一分则太长，减之一分则太短"的完美地步。骂佛爷的话她都是从书里看来的，夸自己的话也还是从书里看来的。她依据书本知识生活，却忘了唯有实践方能出真知。

佛爷是个脾气顶好的人，不管梁彩霞如何埋汰他，他都能一笑而过。婚后的生活因他的笑，避免了许多无谓的争吵。见梁彩霞不会做饭，什么话都没有，重系围裙，再握锅铲，又回厨房。每天去小卖部前，提个菜篮一大早去菜市场，挑最新鲜的菜。平时是个蛮好说话的人，到了菜市场就不一样了，不是说这个西红柿长孬了，就是嫌那棵白菜有些蔫了。

"甭拿上面的露水说事，搞不好是你们自个儿洒的水。"

凭借当过厨子的经验，他总能在菜市场里挑到最好的瓜果蔬菜，这也在某种程度上满足了梁彩霞"每天一朵带露的玫瑰花"的高标准、严要求。

时间一久，卖菜的一见到他就有些发怵，不是说他们的菜不合格，上不了饭桌，而是再好的菜都经不起佛爷如此挑选。佛爷是用了一双笑起来聚光、显微镜一般的眼睛去买菜的，他先拿起一棵青菜，看看根部：

"不好，泥都没洗干净。"

再翻翻叶子，皱起的眉头让那些菜农触霉头：

"打了太多农药了，一个虫眼都找不到。"

别人买菜都怕买到有虫的，他可倒好，非跟虫子较上劲了，还美其名曰"纯天然"。

挑到好菜，佛爷不会表现出高兴，看到净是坏菜，他也不会表现出不高兴。判断佛爷高兴的方法很简单，就是去看他的耳垂，只要他的耳垂无风自动，那就说明佛爷很高兴，非常高兴，太高兴了；判断佛爷不高兴的办法也简单，那就是去看他的头发，只要他的头发没用手拨弄就能翘起来，那就说明佛爷很不高兴，非常不高兴，太不高兴了。因此那些看到佛爷动耳垂的菜农就激动了，因为他看上他们的菜了，正用耳垂给他们的菜盖上合格公章，而那些看到佛爷翘卷毛的菜农就紧张了，因为他没看上他们的菜，正用卷毛给他们的菜判罚死刑。

按理说，佛爷买或不买，那些菜农不至于激动或紧张，问题就出在，被佛爷看中的菜，很快会被其他人买光；被佛爷明正典刑的菜，一天都卖不完，最后只能重新拉回去。

所以佛爷就成了行走的ISO9001认证机构。只要他出现在菜市场，身后准能跟很多人，就像追星族排起的长队，佛爷不是明星，却比明星还"吸粉"。佛爷往哪边走，队伍就往哪边倾斜，就如DNA双螺旋结构。

佛爷的话对那些菜农影响不大，充其量就是卖完和卖不完的区别，卖完了也不见得能赚多少钱，卖不完也不见得会赔多少钱，都是他们自己种的，刨去浇水、施肥、洒农药和人工成本，一亩菜地撑死只能赚个五六百。不过对那些卖肉的人来说，佛爷的话可谓"一言兴邦，一言丧邦"，肉卖完赚得可就多了，卖不完则会血亏。

肉铺在菜摊对面，中间隔着一条过道。他们远远看见佛爷笑呵呵地走过来，忙去轰苍蝇，不轰还好，一轰更多了，还有一些落到了佛爷的头上。这些苍蝇把佛爷的脑袋当成了非法娱乐场所，在上面可劲地搓腿，快速地剪翼。在苍蝇的复眼看来，肉就在眼前，没必要这么着急，休息够了再上也还来得及。但在佛爷笑眯眯的眼睛看来，这肉就不卫生了，就想抬腿去往下一家。这个屠夫眼看卖肉无望，还不死心，便去提醒他的头发很久没洗，也不干净，否则为何会落满苍蝇。说这话是为了把他留下来，看在自己卖肉养家的分儿上，大发慈悲买条大肠、要斤肉。

可偏偏这杀千刀的就是不买账，头也不回地走了。于是这个屠夫就跟旁边的肉铺使眼色，对佛爷出示一张张拒卖票，反正他也看不上这些肉。买不到肉对佛爷来说没什么，自从他结婚后，就爱上了吃素，一个礼拜或者半个月不吃肉一点问题都没有，但对梁彩霞来讲就不一样了，她是无肉不欢，最好顿顿见肉不重样。梁彩霞不懂菜市场的这些门道，以为是佛爷抠抠搜搜，故意不买肉，成心跟她吃不到一块儿。

佛爷在菜市场称王称霸，在家就成了个裙下之臣，他不敢在梁彩霞身上用上菜市场的那一套，只好端茶倒水，赔尽笑脸，然后把原因一五一十跟她说。梁彩霞听解释前，只以为他本性抠门，一听完他的解释，便觉得这王八蛋原来品行不端，指着他的鼻子骂道：

"呸，也不看看你自己是个什么货色，买个菜还拿起范儿来了，你这么牛咋不去吃特供？"

佛爷见她误会，就不停地解释，但都是鸡同鸭讲。这就是他们说不到一块儿去的原因，梁彩霞不懂佛爷为何如此刁难一棵白菜一头猪，就如佛爷不懂她为何对自己的名字百般挑刺。本就不是一路人，偏偏睡在一张床上，婚姻还能维持七年，也够不容易了。

一般人到这种时候，即使嘴上不说，心里也会生出拆伙的想法。但佛爷不是一般人，他不觉得夫妻俩吃不到一块儿、说不到一处是个大问题，因为毕竟还住在一块儿。任何一对夫妻，都会有问题，有了问题就要想办法解决，拆伙各过各那是小孩子的做法。他是个成年人，就要用成年人的方式处理问题，比如下次买菜的时候尽量不那么挑剔,买完就得了,不较劲才能长命百岁。理是这个理,一到菜市场看到猪肉上的苍蝇,看到菜叶上的泥巴,就把理忘到爪哇岛去了。

老莫没出现之前,真让佛爷为难死了,抓掉的头皮,在家里每个角落都能看到。梁彩霞虽然本身不怎么爱干净,但却有"眼部洁癖",意思就是看不得家里脏乱差,但让她受累打扫打扫,还不如索性这么脏下去。虽然自己不收拾,但爱使唤佛爷收拾,要是上完课,回到家,看到客厅或床上或厕所有毛发,就会捏起一根——再多几根就懒得捏了,冲佛爷嚷道:

"能不能别把你的毛掉得满地都是?"

请老莫来家里吃饭除了带他认门,再就是让他劝一劝梁彩霞,嘴巴别那么毒,有外人在时给自己留点面子。

为了款待老莫,梁彩霞竟亲自去菜市场买菜做晚饭。当饭菜摆上桌,佛爷才知道她并不是不会做饭,而是不想做,后来,佛爷更加明白,她只是不想给他做饭,换一个人,倒很乐意做上一做。

饭毕,梁彩霞端出一盘西瓜,招呼老莫吃。他正跟佛爷聊天,随手拿了一片,盘中瓜便如多米诺骨牌一样倒了。佛爷也拿了一片,一口咬掉瓤,咽了下去,没吐籽。

而老莫那片瓜才啃了一小口，轻轻抿着。

"老莫，今天怎么吃相这么斯文？"

"谁像你啊，饿死鬼投胎。"

"吃撑了，腾不出肚子装。"

"这瓜甜吧。"

"甜，甜，甜。"

"我怎么没吃出来？"

"跟猪八戒吃人参果似的，你能吃出个啥？"

佛爷没往别处想，只道是拉家常。老莫那天在小卖部，走前也说了一句极平常的话：

"谁会看上我这个老光棍啊。"

佛爷对老莫这句话上了心，老莫前脚刚走，他后脚就把小卖部关了。他要给老莫说个对象。

五

佛爷的小卖部毗邻食堂，内设两个没装玻璃的窗户，每到饭点，便在上面放上一荤一素两大桶菜，素桶每次都最快见底，而荤桶多数时候都会剩不少。佛爷见倒掉可惜，下次就一个学生一勺，把荤菜全部免费分给学生吃。

学生端着装了米饭的银盆,都挤到荤桶前的队伍后。舀菜的佛爷见了,嚷道:

"别挤,别挤,一个个来。"

前面排的是出得起荤菜钱的。他们伸出盆,把钱丢到旁边的盒里,佛爷见钱落了盒,就舀起满满一勺倒到这些学生的盆中,喊道:

"下一个。"

勺子已经舀起了菜,但钱却还没见落下来,便问道:

"钱呢?又想吃白食?没门。"

这个学生只好把一枚硬币丢下去。佛爷擦擦手,捏起来一看,说出的话就不好听了:

"一毛钱也想吃肉?去去去,下一位。"

但这个学生并没有滚蛋,而是又混到队伍后头去了。佛爷见了,冲对方调皮地眨眨眼。

佛爷这么做是有原因的,他不能让别人知道他把荤菜免费打给穷学生吃,等其他孩子打完菜了,才会把荤菜打给穷人家的娃,否则若是前者见了,也会嚷嚷着要白吃肉,那佛爷就亏大发了。

那些穷学生也是,这么久了还没跟他形成默契,让他们排到最后，非要插队，后头还有没打到肉的学生正盯着呢，就敢不扔钱就伸出饭盆。佛爷觉得有必要提醒他们一下，他把两个空桶搬到地上，看着那些学生洗完饭盆走出食堂，就让他们停一下。

这些学生占便宜没够，以为又有好处，便蜂拥到佛爷面前，盯着他看，但他们没看到佛爷耳垂动，倒是看到他的卷发翘起来了，那是佛爷生气的标志。他们吐了吐舌头，想跑。

"站住。"

"饭都吃完了，佛爷还有事？"

"当然有事，别一吃完就想脚底抹油溜之大吉，跟你们说过多少次，要想吃肉，就要有耐心，心急吃不了热豆腐。别人不知道这个理，林樊攀你还会不知道吗？"

佛爷不敢把话说得太狠。我们正值青春期，身体在发育，自尊心也在发育。因此，佛爷觉得点到即止就可，他误以为我们能明白他的良苦用心，然而下回，我们在肉香面前又把他的话忘光了。

食堂的菜不是佛爷做，有其他人做，他只负责打菜。食堂的厨子把菜做完后，分别装到两个桶里，搬到窗口，然后擦擦手连鬼影都不见了。也想让厨子做完菜后打菜，但只是想想而已。不是怕对方趁机提要求，涨工资，而是担心对方不懂打菜的门道，所以佛爷承包食堂后，并没有闲下来，反而更忙了。

下课铃声响了，学生冲出教室，跑到食堂，拿出饭盒，发现打菜的两个窗口挂上了"今日歇业"的牌子。为了表示他们的不满，这群学生充分发挥年轻人应有的创造力，他们用汤匙敲打饭盆，并配着流行歌曲宣泄不满：

每一次　都在饥饿缺钱中坚强
每一次　就算吃不饱也不闪泪光
我知道　我一直有双隐形的翅膀
带我飞　飞过绝望
不去想　他们拥有丰盛可口的晚餐
我看见　每天的饭菜也会有变化
我知道　我一直有双隐形的翅膀
……

佛爷为了老莫的终身大事，没能想到学生竟会利用肚子闹革命，用汤匙和饭盆当作武器，用歌曲充当檄文。这让他措手不及，不过接下来发生的这件事，则会更加让他始料不及。

他那天提前离了小卖部，一股冷风过境，身子缩了缩，抬头一看，彤云密布，抱紧胳膊快速往十字路口走去。

竖字路是上高下低，横字路是左高右矮。用老莫的话来讲，这个十字路口的走向像极了西高东低、北凸南凹的中国地貌。

佛爷本打算往左走。爬上左边的坡，再拐个弯，就会来到一个寡妇家门前。这个寡妇是佛爷的妹妹，年逾四十，已守寡五年，佛爷为了让妹妹再次出嫁，多年来走遍了县里的每一寸土地，都没找到合适的男子，便逐渐死了心，没想到现在一个远道而来的老莫，又让佛爷燃起了希望。佛爷平时走路慢吞吞，现在走路急吼吼，他看天边乌云漫天，便往右走，先回家拿把伞，再去妹妹家当她面把老莫夸成一朵花儿。

主意打定，佛爷径直往家赶，走到门口插钥匙时，发现门被反锁了。他皱了皱眉，又把钥匙旋转了几下，确定门被反锁，于是便按响了门铃。回自己家还要按门铃，对佛爷尚属首次。他一直比梁彩霞早到家，从不反锁大门，怎么她好不容易比他早回一次家，就把门反锁了。看来他们之间确实出了问题，出了钥匙开不了锁的大问题。

佛爷去按门铃。按了好几遍,没人来开门,以为梁彩霞还没下课。转念一想,不对,若还没下课,门不会被反锁,现门被反锁,肯定是下课了。既然按门铃不好使,佛爷只好去打她手机。过了许久,梁彩霞才姗姗接听。

"怎,怎么了?"

"开门。"

"啊?你等一下。"

佛爷在门外足足等了十分钟,梁彩霞才把门打开。看到她的头发有些乱,神色有些慌,向来在她面前只敢动耳垂的佛爷这次却翘起了卷发,他不满地问道:

"在家里下蛋吗?怎么才开门。"

"我,我在睡觉,没听到。"

佛爷走到玄关处,本想换鞋,但想到还要去妹妹家,就在那张写有"岁岁平安"的红色垫毯上蹭了蹭鞋底。如在平时,梁彩霞早指着他的鼻子开骂了,但今天她却一反常态,不知是火药不够了,还是心里有鬼。

佛爷没有多想,来到客厅的窗前,没看到伞,便去问一直站在厕所门外的梁彩霞:

"我那把彩虹伞哪去了?"

梁彩霞一听，迈着碎步从沙发上把伞拿给他，然后又退到厕所门外。佛爷觉得奇怪，但又不知道哪里奇怪。

"你要出门？"

"对，去一趟我妹家，她的终身大事终于要有着落了。"

"是谁啊？"

"老莫，我看他跟我妹挺合适的。"

梁彩霞跑过去帮他开门。

佛爷停住了。他瞥见沙发旁的垃圾桶里有根烟屁股，用手捡起来，凑到眼前一看，脸色就有些不对了。

"上次老莫来家吃晚饭抽烟没？"

"没，我没让他抽烟。"

"那这根烟头是怎么回事？谁抽的？"

"你说这个啊，我抽着玩的。"

"真是你抽的？把烟拿给我看看。"

"我跟同事拿的，只有一根。"

"哈哈，真把我当傻子？屋里有别人吧。"

他这话一说完，厕所里就传来一声响。佛爷赶过去，踹开门，一个光着身子、用手捂着裆部的老莫就这样不合时宜地出现在了他面前。

"莫梵，我X你妈。"佛爷手里的伞挥向了老莫的身。

六

梁彩霞教的是毕业班，晚自习对别人来说算加班，对她则算正常上班。按理说学生自个儿自习就得了，老师没必要全程陪同，能去一趟就算尽了心，可梁彩霞是个负责任的老师，如果真有什么能让她担心的话，那就是没去班里，不知道学生的情况，害怕自己没及时解答他们的难题，让他们将来中考少考几分，因此上晚自习对她非但轻松不了，甚至比白天上课还累。

她坐在讲台上，下面是伏案复习的学生。十五六岁的少年正是好动的时候，让他们坐三个小时，就像让婴儿不哭一样，都是不可能的。只要过一个小时，下面有些学生准保像泥鳅一样，这里动动，那里看看，看到梁老师的眼睛往这边瞟，又立即低下脑袋，装作认真复习的样子。还有的学生干脆拿出一面小镜子，对着镜子挤青春痘，往往这个时候，他们的头顶和背上都会长出眼睛，一有风吹草动就会迅速用书盖住镜子。更多的学生看似在复习，心思其实早飘走了，飘到了学校下方灯火通明的网吧。

梁彩霞对此心知肚明。她也是从学生时代过来的，很清楚这些学生的真实想法。不说破，不是赞同他们，而是要让他们自己意识到，或者说他们只有利用这种方式发泄了过剩的荷尔蒙，才会把心思用到学习上。换言之，磨洋工就像挤痘痘，挤出去了脸才能见好，偷懒后才会知道还有正事没干，从而更加认真去做。如此一来，才会达到事半功倍的效果。只有当他们偷懒时间过长，她才会用咳嗽提醒他们。

被佛爷抓包之前，梁彩霞不会在课堂上想到自己的儿女。但这天的晚自习，不知为什么，老是想起那对过度缺少母爱的儿女。她这辈子最后悔的事不是嫁给佛爷，而是跟佛爷生了一儿一女。生儿育女本是人之常情，但到了她这儿就变成了不近人情。她并未打算生，甚至做好了一生都不生的打算，佛爷拿话哄了她，她才一时冲动生了一胎又一胎。那时的老师本只能生一个，但因为头胎是女的，所以又生了二胎。若梁彩霞只生一胎，佛爷不会见到她就跟老鼠见了猫似的，恰恰因为生了二胎，所以佛爷在她面前总是理亏，因为生第一胎的时候还有哄骗成分，第二胎完全就是霸王硬上弓。

梁彩霞对儿女采取放任的态度，每天脸不热，嘴不亲，都是佛爷照顾他们，接送他们上下学。她公然宣称结婚生儿育女，只是将来的一份养老保险。

仅此而已。

梁彩霞的心思已不在课上，解答学生问题时，不是把李白的诗安在杜甫头上，就是篡改古人的出生，让宋朝的欧阳修穿越到清朝，或者把清朝的蒲松龄送到汉朝。

但她显然没意识到自己犯的错误，眼睛还频频往外探，像在等人，又像在躲人。

她收回目光，打量了班级一眼，而后匆匆步出教室。我们刚用目光把梁老师送出去，就在地上看到一双皮鞋。这双皮鞋的主人是刘校长，根据他的面部表情判断，好像出了什么坏事。

刘校长把梁彩霞叫到办公室，脸色极其难看，好像梁彩霞夺了他的校长之位。

对梁彩霞出轨一事，刘校长想不通，刚听说时以为是谣言，但当白天佛爷找上门来时，才知确有其事——

"太不像话了。"

"你说这样我们能不离婚不？"

"当然得离，马上离，越快越好。"

"不不，我是说我和她还能回到从前吗？"

刘校长这下听明白了，敢情兜了这么大一个圈子，不是找他主持正义，而是让他去和梁彩霞说和的。刘校长有些哭笑不得，由于害怕此事传出去有损学校声誉，便抱着息事宁人的态度跟佛爷说：

"行，我想办法给你们制造和好的机会。"

"梁老师，这些日子你也辛苦了，给你放几天假，你好好休息休息，跟佛爷出去旅个游，散散心，顺便把蜜月给补了。"这就是刘校长所说的机会。

他以为梁彩霞出轨一事，还没有其他人知道，没想到当他把她叫到办公室后，我已经悄悄告诉同桌梁彩霞搞破鞋的事。这都要归功于梁彩霞的野老公老莫，他那天夜里喝醉了酒把这些破事全告诉了我。

刘校长没能捂住此事，当梁老师从他办公室出来后，几乎整个学校都知道她搞破鞋的事了。校长本人肯定不希望坐视舆论发酵，就是当事人佛爷也不希望此事除校长以外的其他人知晓。知晓的人越少，他的面皮就能捡回来，倘若只有校长一人知道，那么这事就有可能跟没发生一样，而且还能时不时地把它拎出来敲打敲打梁彩霞，那这个家里佛爷就成了真正的爷，梁彩霞就会彻底俯首称臣。这可比离婚更解气多了。

可这个如意算盘最后却被我这个差生破坏了。我的初衷是报复梁彩霞没及时带我去北京比赛，没想伤害佛爷和学校，毕竟佛爷对我照顾有加，学校常给我参加县里作文比赛的机会。起初我还想解释，但后来便任由流言蔓延，况且，在流言面前，真相从来都不重要。传到最后，甚至梁彩霞跟老莫乱搞的细节都有了，不是说梁彩霞先攥住了老莫的老二，就是说老莫粗暴地撕碎了她的内裤。跟佛爷搞的时候，梁彩霞像个死人，但跟老莫搞，梁彩霞就变成了荡妇。这些话让佛爷颜面无存，他再也不是之前的佛爷了，现在他去买菜再也不敢挑三拣四，那些菜贩子甚至敢当面把臭鱼烂虾卖给他。

梁彩霞也不好过，她知道事情绝非大家所说，可又怕越描越黑。她最后想出了一个暂避风头的办法，即利用校长给的假期带我去北京参加复赛。

她私下里找到我，不过我没有给她好脸色。她毕竟良善，再怎么想都不会想到眼前的学生就是那个犹大。当老师这么多年来，她对人性的邪恶有了充分的认识，但依旧天真地认为只有成人是邪恶的，学生都是纯洁的。她看到我冷漠的表情，以为我还在为她最后的食言而生气，便安慰我道：

"好啦,这次老师将功补过,你准备准备,我们马上北上。"

提到去北京,她才露出一丝微笑。北京此刻成了她的庇护所,但对我不是,起码对目前的我不是。我没有告诉她比赛已经过期的事,而是头也不回地走了。一路上几乎听到不下十个版本的流言。我颇感自豪,好像做了好事不留名的雷锋,更像荣获了全国作文比赛的冠军。

梁彩霞病急乱投医,众目睽睽之下就敢去废墟找老莫。老莫作为一个外来者,置身风暴中心,受到的伤害远比梁彩霞多。本来被佛爷现场抓奸,只是赌气要走,过几天跟他赔礼道歉,说不定能修复他们的关系。可自从此事张扬出去后,他跟佛爷的关系就彻底断了。而且校长也不想再让他待下去。梁彩霞去找他之前,刘校长先去找过他,他只跟老莫说了一句话,此外什么都没说。

"这块废墟要建新的教职工宿舍。"

很明确的逐客令。老莫没说话,而是闷头收拾东西,关在笼子里的那些动物早已丧失了远行的心性,但不走又能如何,既然一时没能管住自己的脐下三寸,就要为此付出代价。他感到最对不住的人不是梁彩霞,而是佛爷。这件事没发生前,他以为跟佛爷只是泛泛之交,远没达到知音的地步。这事一发生，才知道原来这个世间，真有人像亲人一样关心他，还给他张罗对象。只能怪他自己不争气，破坏了这一切。他不恨任何人，更不恨那个泄密者。

别人不知道何人泄密，但老莫很清楚。他没找我算账，因为我哪怕会承认，也不会认错，因为我是占理的一方。老莫知道，人一旦占理，坏事都会变成好事；人只要失理，好人也会变成坏人。

他没想到梁彩霞还会去找他。她下定决心跟他一起走，老莫没有同意。他带走她容易，难的是带走之后怎么办。如果他们之间有爱情，那仅凭爱情或许可以战胜一切困难，问题是他们是闹着玩的，一旦认了真，那可不是闹着玩的。而且梁彩霞并不是真想跟他走，而是想出去躲躲，等风声没那么紧了，或许又会跑回来。不得不说，与梁彩霞只有露水情缘的老莫，比佛爷更加了解他老婆。

老莫赶着老虎狮子大象狐狸走出废墟，来到了那个十字路口。梁彩霞跟到十字路口时，终于知道老莫铁了心要离她而去，便不再开口央求，她要为自己保留最后一丝尊严。此刻摆在她面前的有两条路，一条是往左出走，一条是向右回家。几天前她就是站在这里，撑了一把彩虹伞，旋转了一下伞柄，让落在伞上的蚊虫像蒲公英一样，四处飘散。那天是她一生中最美好的时刻，她以为能永远保留那一刻的美好，没想到却像稍纵即逝的流星。她整理好头发，收拾好倦容，深吸一口气，义无反顾地往右走去。

她与老莫渐行渐远。

老莫的出走之路并不顺遂。这回不是他的动物闹脾气不走，而是那些人不让他走。从这些人的反应来看，好像老莫不单单睡了佛爷的老婆，而是把全县男人的老婆都给睡了。那些人冲老莫指指点点，往他身上吐口水，还用棍子戳他的动物，只要那些猛兽稍一反抗咆哮，又让他们找到了话柄：

"他妈的，连畜生都这么嚣张。"

老莫不堪折磨，爬上象背，他的狐狸也跳了上去，然后带着其他动物一起逃跑。这些人在路上设置路障，大象受惊，将老莫掀了下来，几吨重的象蹄就这样踩在了老莫的身上。现场惨不忍睹，据目击者称，老莫的内脏流了一地。

那些人见状立马一哄而散。傍晚的时候，老莫的尸体被清走了，那条柏油马路，用水冲洗了无数遍，还是能看到斑斑血迹。他的那些动物最后都被关进了市里的梅花山动物园，不久便郁郁而终，追随主人去了。

没有人同情老莫，大家都觉得他活该。死了奸夫，他们就想知道淫妇的反应。他们先是来到梁彩霞家里，见她不在家，又去十字路口堵她，终于看到还在坚守岗位的梁彩霞下了课往这边走来。才几天的时间，梁老师就老了十岁不止，他们围到她面前，说：

"老莫死了。"

"谁是老莫？"

"你的老相好。"

"我要去接孩子。"

梁彩霞慢慢挤出人群。天上终于落下了那场憋了好几天的雨，众人旋作鸟兽散。她经过那条柏油路时，看到了地上的血迹，突然一愣，从眼眶里滴出两行热泪。看到不远处的幼儿园放学了，赶过去，撑起伞，换上笑容，牵起两个孩子，走回家。

"妈妈，妈妈，今天莫叔叔还会来家吃饭吗？"儿女同时问道。

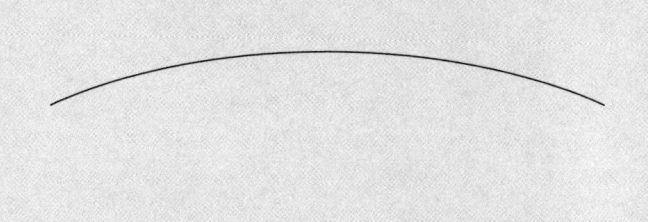

胡
不
归

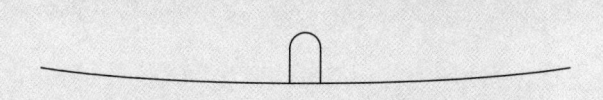

一

安邦国和安育民是双胞胎。他们诞生于同一个子宫，长大后分道扬镳，一个生活在华北平原，一个定居在闽西丘陵。每年夏天，安邦国都会提醒安育民注意台风动向，安育民则在电话里回道："瞎操心，台风吹不到这么远。"

然而今年，一直止步于沿海的台风却吹到了丘陵地带，当安邦国再次打电话提醒安育民时，后者的房屋已被台风洗劫过一遍了。当时安育民正在楼上晒谷子，眼瞅着天边乌云密布，丘陵上的树木大都被吹倒，只剩几棵盘根错节的老树挺了下来，但他却不以为意，只是抓紧收谷子，然后回到客厅静候台风上门。过了一会儿，他发现房子背面的门窗都在晃，遂用扫帚顶住门，用胶带粘住窗，刚想坐下来，便听到门窗被风撕裂，正要回头查看，就被溜进屋里的台风偷袭了。

"好险，如果我不是被挂在了树上，早就没命了。"安育民在电话里说。安邦国担心他的安危，让他抓紧时间转移。"没事，台风走了。"安育民说。让安邦国没想到的是，安育民接他电话的时候还没从树上下来，此刻正卡在树上兴致勃勃地跟他描述台风："你是不知道，台风冲破门窗把我吹出去后，我刚置办的家具也全被吹走了，就像一张装米的编织袋那样被吹走了。"安邦国让他别管那些家具，保命要紧。安育民说："那些家具就是我的命，我要赶紧去找回来，否则就被别人顺走了。"话虽如此，但安育民却无法下来。安邦国在电话里听到他哎哟哎哟的声音，还想开口，电话就挂断了，拨回去已显示占线。

安育民发现信号中断后，小心地把手机揣回口袋，继续尝试下树，仍然动弹不得。他见到许多人都探头探脑地从屋里出来了，立即开口呼救，但他们都忙于检查房子的毁坏程度，无暇回应安育民的求救。安育民更着急了，不是为自己的现状着急，而是担心那些家具被他们捡走。摆在安育民客厅的沙发、桌椅都被台风搬到了这些人的大门前，假如是别人的家具突然出现在自家门前，安育民二话不说就会埋头搬回家，所以他觉得别人也会这么做。现在虽然行动不便，幸好他还能开口说话："喂，姓陆的，千万别打我沙发的主意，姓李的，看什么看？那不是你家沙发。"他的话吸引了陆、李二人的注意，这两家的屋子挨得很近。他们先后从屋里出来，同时看到了门前的沙发和桌椅，都说谁先看到的就归谁。二人相持不下，准备去找人评理，可还没挪动脚步，就听到了安育民的声音。他们下意识地往安家看去，但在安家门前并未看到安育民，以为他在楼顶说话，又不禁仰脖往上看，还是没有。他们都觉得奇怪，难不成安育民那只铁公鸡被台风刮跑了？

他们跑到安家门前，这一看就让他们倒吸了一口凉气，只见安育民整齐干净的房子不复存在，代之以污水横流，地板上还有来自沿海地区的贝类、鱼虾和海藻，墙上挂的日历、年画也全都不见了。他们争相喊起了安育民的名字："安育民，安育民……"见无人回应，他们相互看了一眼，都在彼此的眼神里看出安育民已不在人世的信号。

他们径直往回走，走了几步，陆旭阳跟李星辉说："你听。"李星辉什么也没听见，继续往回走，陆旭阳拉住他说："是安育民的声音。"声音从前方传来，他们却往后看去，照样什么都没看到，不过随着他们离那棵枇杷树越近，安育民的声音便越清晰。他们终于抬头发现安育民被夹在枇杷树上，活像被一只佘氏蟹夹住的新米虾，不禁捧腹大笑，笑够了才想起去救他。

他们够不到树杈，跟安育民的交情又还没到可以为他上树的地步。安育民深知这点，知道此刻不把大哥安邦国搬出来，他就永远没机会下地。"只要你们把我弄下来，将来你们去北京就让我大哥免费当你们导游。"陆旭阳和李星辉思考了一会儿，看看这辈子有没有机会去一趟北京，但想了半天都没找到去北京的理由，便打算撒手不管。安育民在树上看出了他们的犹豫，决定把价码往上涨一点："到时就让我大哥给你们买机票，你们不用花一分钱。"安育民的话打动了陆旭阳，但李星辉还在纠结。陆旭阳便坐地起价："听说北京吃住都很贵？"羊毛没出在安育民身上，所以他乐于大方："我保证让他到时负责二位的一切衣食住行。"李星辉也被说动了，第一个爬上树准备把安育民拽下来。

"痛，痛，别硬拽。"安育民又像回到了娘胎里。当时因为跟安邦国共住一个子宫，所以那十个月里都快被挤死了，当然他无从知晓这点，还是长大后见自己的后脑勺比安邦国的扁，从而得出的这个结论。原以为安邦国离家后，他能住得宽敞一点，没想到一阵突如其来的台风让他又"挪不了身"。安育民让他们去架梯子，拿锯子，锯掉树杈救他下来。陆旭阳表示锯树可以，但要先签字。安育民还没明白过来签什么字，李星辉已经扬手把写好的保证书递到他跟前了。

安育民在树上签完字后，陆旭阳跟李星辉两人又出现了问题，他们对谁上去锯树，谁在下面扶梯始终没有达成一致。在他们看来，上去锯树的总归比下面扶梯的出力多一点，在这种情况下，两人以后去北京还享受同等待遇就有点说不过去了。陆旭阳最后让出将来北京行的领导一职，才让李星辉乖乖爬梯锯树。

这棵枇杷树比安家兄弟年长，安育民喜欢端着饭碗蹲门口吃饭，一年四季，只有夏天的枇杷树能让安育民高兴，因为这个季节枇杷正当季，安育民吃完饭总会摘几棵枇杷放碗里，当成饭后水果。但自从李星辉锯掉树杈后，安育民再也没蹲门口吃过饭，一看到这棵树，就会想起这生中最丢脸的事，更让他生气的是，李星辉当时锯树的时候，树下还围满了穿着开裆裤、流着哈喇子的小孩，李星辉锯一下，树上就落几颗枇杷，任凭安育民在树上怎么喊，这些小孩就像小鸡啄米似的，把地上的枇杷捡得干干净净。当整个树杈掉下来后，其中一个小孩甚至抬起树杈就跑，安育民眼睁睁看着一树枇杷离他而去。跟树杈同时落在地上的还有安育民本人，他一落下来甚至没检查自己受伤与否，拔腿就跑到陆李两家门前，当着一头雾水的陆旭阳和李星辉宣示对这些家具的主权。

陆、李二人因为占到了天大的便宜，不好再得寸进尺，而且为了夯实安育民的承诺，还主动帮他把沙发桌椅搬回去。安育民回到家里，才发现屋子遭受的惨状，由于值钱的物件一个不少，他并未怨天尤人，让陆、李二人把沙发桌椅搬到门口后，便卷起裤腿打扫屋子，见二人还没走，气道："怎么？还想留下来吃饭不成？"陆旭阳说："不需要帮忙吗？"安育民说："别以为我不知道你们心里那点小九九，是不是打量着帮我清洁了屋子，将来去北京就可以定居下来啊,想得美。"

陆、李二人讨了个大红脸,讪讪而走。安育民花了大半天时间把屋子收拾到跟原来一样,就连沙发的位置也跟之前分毫不差,就在他以为台风从未过境,一切如昨时,突然在门口看到那棵跟从前不一样的枇杷树。本来压枝的黄枇杷一颗不剩,而且由于少了那根最大的树杈,枇杷树也变得跟一个被磕掉门牙的老太婆差不多。安育民想起那些被小孩捡走的枇杷,心里一疼,扶着墙慢慢坐回沙发上。

从那以后,安育民总觉得屋子被人监视了。他的房子地势比其他楼房高,楼层也比其他楼房多,门前的枇杷树在春夏秋三季都能起到遮挡作用,虽然也会相应阻挡安育民的视线,但他还可以跑到楼顶居高临下。自从枇杷树成了一只像被锯掉触角的蜗牛,安育民动不动就觉得有人在盯他的房子,他也透过这个没有触角的蜗牛壳去看别人的屋子,可却什么也看不到,坐在客厅也不敢再开着门,而是门窗紧闭,并时刻拉着窗帘。而且也不敢再像以前那样,旁若无人地在家里给自己打牙祭。他怕自己在厨房一颠勺,就有人闯进来分一杯羹。于是,从未失眠的安育民睡不着了,每天睁着眼睛留意屋外动静,早上醒来黑眼圈比皮蛋还大。他不敢再出门,倒不是怕别人旧事重提,问他为什么会挂到树上,而是觉得自己像光着身子暴露在成百上千双眼睛之下。

但他不出门,自有人上门。上门的是陆、李二人,自从夏天救了安育民一命,他们再也没找过他,而是耐心等待炎热的夏季过去,一到天气转凉,秋风乍起,便迫不及待地来到安家,让安育民兑现他的承诺。为免有失,李星辉甚至还带上了那份协议,他爱协议胜过爱人民币,此刻当着安育民掏出来的时候,还像刚签字那会儿一样簇新。安育民挂在树上的时候,觉得如果有谁可以救他下来,他甚至能够以房相赠,但他现在好端端坐在家里,就觉得这只是邻里之间的举手之劳,假如还要报答,也忒影响睦邻友好关系了。

陆、李二人非常了解安育民,估到他会抵赖,否则当初也不会让他签字。他们加上远在北京的安邦国是发小,安育民从小就是老赖,明明写错了生字,还敢跟老师争得面红耳赤,当老师用《新华字典》当作证据,摆在安育民面前时,他也还有话说:"怎么?字典又出新版了?"长大后,与人打交道也经常念错字,当别人用手机把正确的字抛到他面前时,他照样还有话说:"读书时老师可不是这么教的。"当然，有一说一，这里面的确有安育民老赖心态作祟，但更多的还是文字跟手机一样，更新换代太快，很多以前错误的读法，由于读错的人多了，字典干脆将错就错，把错的当成对的。安育民自从高中毕业后，就没再翻过书，所以跟不上时代也就不难理解了。此外，安育民在麻将桌上也老耍赖，还没打几张，就敢把牌往外一推，说："和了。"由于他的牌都跟其他牌混在了一起，所以别人只能吃哑巴亏，权且当他和了。但安育民的手气太顺了，几乎把把和，因此有人就多留了个心眼，瞅准他要推牌了，立即把其他牌搂到一边，然后去检查他的牌到底有没有和，这一检查，就发现了猫腻，安育民竟然诈和。不过他仍有话说："不好意思，看错了，看错了，这局不算，再来。"但没有人愿意再跟他玩，若非看在安邦国的面子上，安育民的手指说不定早被剁秃了。

提起安邦国，也是那种隔着门缝吹喇叭——名声在外之人。他从小成绩拔尖，没有片刻懈怠，是在老师眼里"连午休都在思考的三好学生"。安邦国后来能考到北京，几乎无人意外，考不到北京，大家才会意外。他们对安邦国的了解，大都源于对方的学习成绩，可以说，安育民有多无赖，安邦国就有多君子。他们认为这对双胞胎就像电影里的"警与匪"。当然，这里面除了有安邦国本身的实力背书，更多的还是安育民的宣传效应。安育民每到危急关头，都会搬出远在北京的兄长安邦国，从而屡次化险为夷。安育民也乐于别人这么想，这样他不管在家乡做再多被人戳脊梁骨的事，背后都会有北京的安邦国给他兜底。因此，他才敢欠家具店几千块眼睛都不眨一下。长此以往，许多被他占了便宜的人就迫切希望安邦国能回来一趟，帮他弟弟擦屁股。

"这回准错不了，我哥今年一定回。"每到年关，安育民都要回答这个问题。眼看到了大年三十，安邦国仍然没有回来，安育民也不急，因为一过年，按照规矩，就不能上门讨债了，所以他还有半个月的时间搪塞过去，过了元宵十五再说也不迟。一眨眼就到了元宵节，讨债的禁忌过去了，安育民家的门槛也被踏破了，这回安育民赔个笑脸，请来人喝茶，接着打开手机上的携程，说："不用你们催，这回我亲自去北京把我哥押回来，弟弟有难，当哥的也不能躲在北京逍遥不是？"本是缓兵之计，没想到却奏效了，来人果真不再上门讨债，但隔几天看到安育民还没走，又问上了："你到底啥时候动身？"安育民看了看天,说:"不急,天气预报说这几天天气不好,等天好了再去。"就这么一推再推,出行的时间总是确定不下来,刚开始还能怪天气不好,后来就做起了自己身体的文章,不是说最近闹肚子身子不适,就是夜里着凉感冒了。因有安邦国在北京看着,所以他们不敢闹得太过分,有些人因为借钱不多,就自认倒霉,算了,但家具店的老板怎么也咽不下这口气,经常在电话里威胁他要把沙发桌椅搬走。安育民不急不缓地回道:"行,你来吧,这沙发我也没看出哪好,你搬走了我正好买新的。"

安育民算是看出来了,这些人都是纸老虎,嘴上说得吓人,实际上连他一根毫毛都不敢动。原以为他能靠自己的哥哥混吃混喝一辈子,没想到那一纸协议为自己招来了天大的麻烦。此刻看着陆、李二人皮笑肉不笑地盯着自己,安育民在心里啐了一句:"妈的,这俩浑蛋真是天字第一号大无赖。"

二

安邦国整个夏天都在担心弟弟的安危,他不知道安育民被台风卷到树上有没有受伤。他离家多年,当台风刮不到家乡时，就会严重低估台风的威力，当台风翻山越岭吹到了家乡，又会严重高估台风的破坏程度。因为弟弟安育民吃了台风的亏，所以他心中就把台风等同于十二级地震，几乎一有时间，就给安育民打电话。

没想到这样一来，又让安育民发现了商机，不惜夸大自己的伤势，从安邦国身上多榨了几万医药费。开始安育民还有些不好意思，虽然他是不折不扣的无赖，但对自己的同胞兄弟用上这种手段，心里还是有些道德包袱的，就怕安邦国真的抛下北京的一切，回来检查他的伤势到底如何。后来见安邦国关心他的身体胜过关心自己的钱包，安育民就心安理得了，有时还把感冒发烧的医药单也找他报销。

有了安邦国这个自动提款机，安育民在那个秋天对庄稼也不怎么上心了，当有人去县城粜米时，安育民也看不上那千八百块，听凭粮食在家里发霉。他还会给自己戴高帽，碰到有人询问，就扯谎说自己在县城谋了一份好差事："现在谁还种田啊，我上个两小时的班就比你们在田里刨一个月土还赚得多。"

"那么，是不是可以把欠的钱还一还了？"安育民碰到的刚好是他的债主之一。但他一点都不急，吃准了这个债主胆子小，不能拿他怎么样，连谎都不愿意扯圆就在对方面前扬长而去。碰到大债主，安育民就要多费点心思了："刚上班没几天，等发了工资和奖金立马给你送来。"等了一个月，安育民还没还钱，这人就买了几分薄礼亲自上门拜访了，经过陆宅，陆旭阳瞥见了这人手上提的礼物，下意识地推了推李星辉的胳膊，说："难不成安育民真在县里讨到了美差？"

"很有可能，毕竟县里也要买他哥的面子。"李星辉说出了自己的想法。陆旭阳当即改变策略，不仅不要安育民兑现承诺，还准备把家里那只老母鸡送给他"养养身子"。为了验证他们的猜想，陆、李二人偷偷跟在这人身后，见这人进了安家客厅，彼此迅速分占大门两端，窃听里面能令他们时来运转的对话。

"何老板，你怎么来了？"安育民明显有些紧张。

"你藏得真深啊，我问遍了路人才打听到贵府的位置。"何老板说。

安育民到底失策了，没有好好利用门外那棵枇杷树，否则便能第一时间看到这个不速之客，及时找地方藏起来，从而让债主打谷场上撒网，扑一场空。此时他在脑子里过筛子，急于想出招架之法，可因事出紧急，安育民几乎一筹莫展，索性不再说话，准备见招拆招。

何老板扫了客厅一眼，看到大白天里安育民还拉着窗帘，以为他真被台风下了死手，现在还怕见光，怕见风，怕打扰，不禁对自己不请自来有些过意不去，羞于再提欠钱一事。本来这番有问无答的对话完全可以镇住门外两人，但好死不死，安育民竟不打自招，抖搂出了欠何老板沙发和桌椅的钱。何老板见安育民没忘此事，便觉不虚此行，放下礼物准备出门去。慌得门外两人立马找地儿躲，互相撞了几次脑袋后，两人都捂着额头躲到那棵枇杷树后了。安育民送何老板出门，门外明明没人，还故作姿态嚷道："领导，你何必这么客气来看我，理应由我去看领导啊。"见何老板摸着装满疑问的脑袋走了，安育民脸色为之一变，往地上啐了一口唾沫，道："真他妈晦气。"

陆、李二人从树后出来，李星辉跑回家揣上那份协议，陆旭阳则回去把刚抓到鸡笼里的母鸡放出来。两人在各自门口相视一笑，昂首阔步杀回安家。安育民正在拆何老板带来的礼物，见陆、李二人上门，道："我的领导真是太客气了，大老远提着礼物来看我。"话是这么说，但安育民却没让他们看清这是什么礼物，因为他知道这个礼物跟他口中的领导匹配不上,便把礼物放抽屉锁了。陆、李二人看着他的背影尽量忍住笑意,在安育民锁好礼物转身的刹那,李星辉已把崭新的协议亮在了他面前。

安育民定睛一看,这才明白来者不善。他以前总把自己的话当成放屁,说完转身就忘,现在见自己的话白纸黑字写在了纸上,也就无从抵赖了,尤其上面还有他那个鬼画符的签名。安育民了解陆、李二人,就跟他们了解他一样,知道不能再用老法子,一定要推陈出新,方能渡过难关。脑子转了几圈,终于被安育民想到办法:"真不凑巧,我哥刚还打电话回来问我什么时候去北京玩,我正准备把你们哥俩也捎去北京呢,这不我儿子允文就打电话让我去厦门,我儿媳这几天快生了,缺人手。"

安允文的媳妇的确快生了,安育民没有胡诌。听到此事,陆旭阳情绪就有些激动了,安育民就等着他这个反应,把二人按到沙发上,继续说:"大家都是当爹的,多理解理解。"陆旭阳由情绪激动变成湿了眼眶,安育民安慰道:"不用着急,八年时间很快就过去了,到时再喝你孙子的满月酒也不迟。"

李星辉虽与陆旭阳是邻居,但陆旭阳的儿子被抓走那天却不在家,而是在县里打零工。县里的开发区需要工人，李星辉就带着一帮妇女承揽了这个活，干了整整两个月，干完回到家，关于陆旭阳儿子被抓一事，也被人家像嚼完的甘蔗渣，吐了。所以李星辉从始至终都不知此事，也听别人提过几嘴，但都以为陆旭阳的儿子不是又打人了，就是又被打了。陆家后生从小调皮捣蛋，打人和被打是常有的事，本以为结了婚就能安分一点，没想到还到处惹是生非。看来流氓是胎带的，任谁都改造不了。

此时冷不丁听安育民说是被抓走了，李星辉这才后知后觉地多问了一句："凭什么把人抓走啊？"陆旭阳的老脸挂不住，几次想走都被安育民按住了。安育民没想到这哥俩看似亲密无间，却是面和心不和，决定从内部瓦解他们的阵营，故意叹了口气道："唉，事出突然，我们谁也没想到。"

李星辉迫切想听事情的原委，又不好表现得太过分，招陆旭阳反感，因此明明心里抓耳挠腮，脸上还一副不感兴趣的样子。陆旭阳知道这事李星辉迟早会知道，与其让他去打听添油加醋的二手消息，倒不如主动把官方消息原封不动告诉他。至此，本是上门找安育民麻烦的陆旭阳却自找麻烦，一五一十透露了儿子被抓一事。

陆旭阳的儿子叫陆天仁，四年级时因跟同桌打架，被同桌在脸上留下一条后来让他远近驰名的疤。仗着见过血，陆天仁一路霸道到了初高中，他的拳头没有多硬，但因脸上有条凶神恶煞的疤，所以让他的拳头所向披靡。他那条蜈蚣状疤让所有混混望风而逃，还意外得到一个女同学的青睐。高中毕业后，两人都没考到大学，各自瞒着家人在县城同居了。过了几年，陆旭阳才从别人嘴里知道这事，找遍了县城每间出租房，终于在城郊的一间民房堵到了那个逆子，正准备挥拳，瞥见那个女娃肚子凸起来了，扬起的巴掌便顺势软了下来。他将坏事当成了好事，要知道现在每个地方都盛产光棍，儿子虽然烂泥扶不上墙，不像安育民的儿子安允文这么有出息，但在人生的关键时刻倒也没掉链子，不仅空手套到了一个女娃，还提前让他当了爷爷。于是，陆旭阳便张罗着让儿子结婚，由于儿子没有买票便上了车，所以陆旭阳就不想再补票了，彩礼意思意思就行了。

在谈判桌上，亲家母的脸色比那天的天气还阴。由于生米已煮成熟饭，女方家也没什么话说，丢下一句"别后悔"就走了。占尽便宜的陆旭阳还起身补了一句："亲家母，到时别忘了来喝喜酒啊。"原以为儿子结了婚就能收心不少，没想到蜜月还没度完，又像白娘子喝雄黄酒，露了原形，不是到处去收保护费，就是替人看场子。陆旭阳每天看着在家里以泪洗面的儿媳妇，想不通现在的年轻人怎么都变得这么野，连蜜月都拴不住裤腰带，后来才知道，原来儿子早就透支了蜜月，结婚就是多道手续的事。

如儿子没结婚，陆旭阳还可以跟他动拳头，但结了婚就只能用成人的方式解决，而成人解决问题的办法无非是坐下来心平气和地谈一谈，但比领导还忙的儿子始终没有给他这个机会。当儿媳妇在医院生产时，还是他这个做公公的陪在她身旁。好在老天开眼，孙子办满月酒的时候，儿子终于回来了，还主动帮忙做饭招待客人。没想到酒席刚开，鞭炮还没放完就迎来了两辆警车。从警车里下来三名警察，问清谁是陆天仁后，用手铐把人给铐走了。上门做客送手铐，这还是头一遭，陆旭阳傻眼了，客人也对桌上的食物丧失了兴趣，一顿交头接耳后便都离了席。儿媳是最后一个得到消息的，当时正躺在床上坐月子，两边太阳穴上贴着剪成正方形的狗皮膏药。听到这个消息后，本来充足的奶水突然干涸了，孙子把两个奶头嘬肿了还没吃饱，嘴巴一咧，哇哇哭上了，而儿媳也已昏了过去。

陆旭阳把收到的红包都拆了,用来托门子递条子打探消息,终于被他打听到事情的真相,原来帮人家看场子的陆天仁,出于义气,把前来卧底的两个便衣给打伤了。警察很快顺藤摸瓜找到了陆家,正好把潜逃在家的陆天仁逮个正着。法院的判决书也很快下来了,替人看赌场加上打伤警察,数罪并罚,判决八年有期徒刑,不得假释。

"他妈的,一定是那两个被打伤的便衣夸大伤势。"陆旭阳说到这里,情绪更加激动,"好借机勒索敲诈。"

李星辉问:"那么,你有赔偿给那两个便衣医药费吗?"

陆旭阳回:"怎么没有?但他们死活不收,扬言只有让天仁坐牢才能出这口恶气,还说我儿子这是在挑衅整个警察局。"

安育民说:"这我就得帮天仁说说话了,天仁就算胆子再大,也不敢当众打警察,这都要怪那两个警察没穿警服。"

自打陆天仁被抓走后,因为亲家母有言在先,儿媳想回娘家而不得,为了照顾那娘俩,陆旭阳快六十的人了,还要去县里找活干。之所以跟李星辉走得最近,即因他能承接到县里大大小小的活，没想到与他称兄道弟这段时间以来，李星辉却再也没接到活，搞得陆旭阳以为他是因为天仁蹲局子成心不带他赚钱。现在看到李星辉确实不知道他儿子的事，终于放下心里对他的成见。

陆旭阳知道儿媳迟早会跑，陆家拴不住她，他现在什么也不盼，就盼着儿媳能晚走几年，起码等孙子大几岁再走，到时他就可以独自带着孙子等待他爸放出来。以前种地还能勉强糊口，现在多出两张嘴，家里的几亩地就不够吃了，但这把年纪又找不到合适的活干，之所以打算去北京，也是没法子了，想看看神通广大的安邦国能否帮他解决这道人生难题。

料到安育民这小子会找各种理由搪塞，上门之前也做好了心理准备，不管安育民说什么，就一句话："再不走抄了你的家。"没想到对方竟把待产的儿媳妇搬出来，本来占理的陆旭阳若还来硬的，有理也会变成没理。伤心事陆旭阳不想再提，每提一次，他都会觉得自己的人生一败涂地，无数次在想假如时间可以像每年的台风重来一次，那么他一定不会打小就用拳头教育陆天仁，而是会像安育民教育安允文一样放任自流。可惜世上什么都有卖，唯独没卖后悔药，而且即便他真的改变了教育方式,说不定陆天仁照样会行差踏错。在人生这张赌桌上,抓到什么牌就得承担什么样的后果,如果还能反悔,那跟小孩子过家家有什么区别。因此,陆旭阳知道后悔改变不了儿子蹲局子的下场,他所能做的是尽量往前看,而去北京求助安邦国无疑是最优解,也是唯一的办法。

所以,哪怕他发过誓不再提家丑,但为了能打动安育民,不得不再次把儿子被抓的过程毫无保留地说出来。然而,对安育民来说,再刺激的事说多了也没劲,而且此刻他急需让陆、李二人恭喜他快当祖父了。更重要的是,他这个爷爷跟陆旭阳不一样,陆旭阳这个祖父是可耻的,他那个宝贝孙子会让他时刻想起被抓的儿子,而他这个祖父却是光荣的,有了孙子撑腰,以后还能更加无赖一点也说不定。因此,哪怕李星辉还想再听下去,安育民也得强行转移话题:"不过你们大可放心,我孙子的满月酒一定会回来办。"

李星辉是个嘴笨之人,见话题变了,即便心里着急冒火,也只好让安育民大谈不久之后的弄孙含饴之乐。安育民的喜事只对其本人受用,对李星辉却未必,不像坏事,对当事人无疑是个打击,但对他而言却不啻为一桩好事。他这辈子没去过比县城更远的地儿,真要让他坐几个小时的飞机到北京，估计也不会乐意，之所以跟陆旭阳合起伙来欺负安育民，也是想收拾收拾口碑不好的安育民。现在眼看北京去不成了，起码暂时去不成了，终于松了一口气，这样就不会因为中途毁约而得罪陆旭阳了。

"不过你要去了厦门，你家老人怎么办？"李星辉问。

要不说李星辉是个有心人，不说则已，说了肯定一针见血。安育民没想到这茬，他眼里从来只有自己，只有在自己遇到事的时候，才会短暂地想起家人。他不说话了，家里的老人绊住了他，不过他并未责怪生养他的老母，而是怪李星辉哪壶不开提哪壶，净裹乱。

三

安家兄弟的老母，今年八十岁，名字跟她寿命一样长，叫曾七八姑，据说是出生于七月八日，添个姑字，也是当时的时代特色。年轻时，姑字让她有些显老，生了双胞胎后，这个名字就像穿久的鞋，合脚了。老头子走得早，一个人既当爹又当妈，拉扯大了兄弟俩，她对后代的要求不高，能平安长大就行，从没想过自己的手气会这么顺,不仅一下子生了双胞胎不说,老大还那么有出息,到北京吃了皇粮。不过也没为此轻看老二安育民,因为只有他是按照自己的计划成人的,如果两兄弟都很有出息,那可就远远超出她的想象了。

安邦国为了尽孝,好几次表示要把老母亲接到北京享福。曾七八姑一听头就大了,以为北京是个扩大了三倍的县城,她去县城时看到比客厅还大的马路,总头晕,这要去了北京,还不把她这身老骨头给散架了啊。安育民也不愿老母亲去北京,不是舍不得她,而是她一走,他就要自力更生,再没理由跟哥要钱。安邦国不差钱,只要安育民开口,都会痛快地打钱,虽然弟弟每次都以母亲的名义开口要钱,但他也清楚,母亲八十了,就算再年轻几岁,也不可能一个月吃掉五千来块,这里的一大半指定都进了安育民肚子,就像母亲怀他俩时,吃下的每一口,看似为自己,其实都是为了保证他们的营养。然而安邦国从来没当回事,权且把多出的钱当作弟弟服侍母亲的报酬。

安育民被台风卷到树上时,曾七八姑恰好不在家,她拄着拐杖去县里赶集了。县城那天只下了点毛毛雨,风不大,台风擦着县城的头皮径直吹到邻县了。当她买好东西往回走时，太阳早就出来了，她甚至还走得有些热，停在路边脱了一件厚衣，见两只手不够用，只好把买的东西卷到衣服里，然后挂在拐杖上继续往回走，衣服没打好结，里面的零嘴越漏越少，等她快到家时，把衣服拎起来一看，得，东西全不见了。本想回去找，但看到老二坐在刚打扫干净的屋里头不说话，以为是嫌她乱花钱，便不敢动了，嘴里还解释道："我，我买的都是打过折的。"

安育民没跟她说家里刚遭的灾，曾七八姑面对跟走时没两样的屋子，也无从知晓老二会被风刮到树上，见他接下来的几天都不怎么说话，就以为真是自己去县城去勤了，让他生气了，便主动把买东西剩下的钱交给他。安育民一见到钱，脸色就好了许多，但他没有收，不是看不上这仨瓜俩枣，也不是出于孝心，而是让他又找到了生财之道。他马上给远在北京的安邦国打电话，夸大自己的伤势，还说没几天好活了。安邦国吓坏了，立即打了几万块回来。见到钱到账，安育民安心了，终于主动做起了晚饭，然后叫老母亲出来吃饭。

曾七八姑年轻时不是围着厨房打转，就是扛着锄头侍弄庄稼，以为等把两个儿子拉扯大，自己也可以两眼一闭，两脚一伸，卸担子了。没想到命这么长，不仅等到了两兄弟结婚，现在就连孙子安允文的孩子都快出生了。她这辈子不仅没像早走的老头子那样吃亏，而且还多享了本不属于她的福。她身体很好，八十岁的人了，干农活虽有些勉强，但洗衣做饭、徒步去县里倒一点都不吃力。之前也对自己的身子骨很自豪，但自从看到老二动不动就给她甩脸子，她就觉得命长也是犯罪，犯了老而不死的重罪。

从县里回来后，她就没再出过门，她对串门闲谈丧失了兴趣，对每天都会有变化的县城也没了谈兴，饭还是照做，却都吃不下几口，因为她怕自己多吃一口，都会招来老二一个白眼。她把自己的饭量下调到一个属于老年人该有的频率：每餐吃小半碗饭，夹两筷子菜。撂下筷子后，也不敢再像之前那样出门去散步，而是掐好老二吃完的时间，把碗筷叠到厨房清洗。

一天有大部分时间都在房里度过，外面的热闹好像跟她全没了瓜葛，躺在床上听着外面的谈话声，好几次想加入进去，想是这么想，仍然不敢动，只好轻轻挑起窗帘，看一眼外面，过过眼瘾。家里的一切都发生了变化，没卷帘的房间每天闷得像口棺材似的，很想听听老大的声音,电话又不知道怎么打,也不敢去求助老二。好在宽慰的是,她有两个儿子,一个不孝还能去想另外一个。熬到客厅的挂钟敲了,忙拄拐出去做晚饭,刚好撞到进来的安育民。

曾七八姑说:"我,我马上去做饭。"

安育民说:"妈,饭我做好了。"

看着满满一大桌子菜,曾七八姑纳闷了,只有两个人,这么多菜明显吃不完,但她不敢说老二浪费,浪费是属于她这个八十岁还没死的老太婆,再说只要儿子想吃,做再多的饭菜也无关浪费。看到老二眉头终于雨过天晴,曾七八姑心头虽仍有疑虑,不过头好像没那么疼了,腿脚也不酸了。

安育民是头顺毛驴,凡事顺着他天下太平,一旦违拗他就鸡飞狗跳。但这回曾七八姑什么都没做,安育民的心气就顺了,虽然想不通,但她秉承着不声不哑不做当家翁的原则,也就随他去了。家里恢复了原样,曾七八姑不再整日躺在房间胡思乱想,而是根据老二当天的脸色,判断是否能出去玩一玩,就像根据天气好坏决定是否晒谷子一样。好在,安育民每天都乐乐呵呵的,终于又回到了母慈子孝的可喜局面。如此一来,曾七八姑就全然忘了在北京的老大，说实话，不管老二给过她多少气受，她内心还是比较喜欢安育民，无他，唯老二常年伴她身旁尔。

安育民给她好脸纯粹是为了弥补将要送走老母的歉疚，有点像古时候施舍给犯人秋后问斩的断头饭。自从当着陆、李二人的面表示要去厦门做安允文的帮手，安育民无时无刻不在思考怎么跟老母亲开口。他不能将她也接到厦门，因为担心到时要有个头疼脑热，还得腾出手来照顾她。跟新生命比起来，她这个一只脚已经踏进棺材的老人已然不重要了。如那天陆、李二人没找上门，安育民本打算找安邦国要钱，雇保姆在家照顾老母亲，说不定还能赚点差价供自己吃喝玩乐。之所以改变主意，倒不是心疼大哥那点钱财，也非害怕老母受保姆的气，而是为了尽快躲一躲那些像苍蝇一样的债主，顺便提前去看看厦门的岛屿风光。主意打定，安育民便觉得不能再拖下去了，因为儿媳的肚子一天比一天大，债主的电话也一天比一天多，应早日跟老母商量此事。不过说是商量，实则是通知。

这天，安育民的脸色照样笑嘻嘻，曾七八姑在老二脸上看到今天阳光明媚，便准备搋着拐杖出去串门。还没走几步，就被老二叫住了："妈，你等等，我有事跟你说。"

"我不走远，很快回来，耽误不了做午饭。"曾七八姑回头道。

安育民把老母亲扶到沙发上，把自己的专座让给她，却忘了她坐不惯软沙发，她喜欢坐冷板凳。不过她没有动弹，她不愿意在老二心情好的时候给他添堵，便乖乖地坐在沙发上，身子越陷越深，渐渐看不清老二的脸了，在老二用眼睛找寻她时，才艰难地拔起身子坐正。安育民是个爽利人，意思是说话不过脑子，心里想什么就说什么，但这回他却犹豫再三，怎么也开不了口。

曾七八姑问："老二，你是不是缺钱了？"

安育民回道："我手头就没怎么宽裕过。"

曾七八姑说："那我把我的钱都给你，你不要跟老大说。"

安育民心头一喜，但由于不知道老人到底有多少压箱底，所以并没有在脸上表现出来，而且现在也不是谈钱的时候，他有更重要的事要说："妈，你也知道，文文的老婆就快生了。"

"我算着日子呢，还要一个来月。"曾七八姑比他这个当爹的更清楚她的产期,"是不是我们娘俩要提前过去?"

事情麻烦就麻烦在这儿,安育民之前胡乱许诺,说儿媳生之前,一定带着她去厦门一趟。而曾七八姑显然也当真了,自从得到老二的这个口头承诺以来,整日都在盼着孙媳妇早日生产,并时刻为去厦门准备着。一大把年纪了还敢徒步去县里赶集,就是为了看看自己的身子骨还能折腾不能,在集市上挑花了眼,也是为了提前给孙媳妇买好礼物。老大难的婆媳问题,因为中间隔了一代,曾七八姑倒真拿出了对待亲生女儿的心力——她没有女儿,如有一定也是如此对待。

"妈,你能不能去跟老大过一段时间?"安育民把难题抛出来后,轻松不少,"正好可以趁这个机会去北京好好玩玩,见见世面。"

曾七八姑的身子又陷进沙发里了。她眼前变得一片漆黑,隐隐有一道光向她射来,伸手却捉不到,再看自己,早已掉进神憎鬼厌的深渊里出不来了。她的确很想老大,每年都盼着他能回来看看自己,但每年他都有借口不回来,她活了八十岁了,从未想过见儿一面竟会如此困难,儿子不回来看老娘,倒让老娘长途跋涉去看儿子,哪国都没有这个道理。而且,她也没有为坐飞机特意训练过，更没有为说那劳什子的普通话去看过新闻联播。这跟去厦门完全不一样，厦门有很多客家人扎堆，她去了后，还可以像在家里那样应付自如。

再有就是，去老大那里，她就体会不到四世同堂的乐趣了，因为老大虽然比老二大那么几分钟，但老大的儿子安允武却比老二的儿子安允文小五岁，而且现在还没有谈婚论嫁的打算，说什么还要考硕士，学历那么高，却没有结婚，在曾七八姑看来，一切都白搭。做人跟看菜吃饭一个道理，有多少能力就做多少事，完全没有放弃正道而去追求其他旁门的道理——娶妻生子就是一个人最大的正道，考硕士则是旁门，是六指中多出的那一指，完全是累赘的，多余的，没必要的。

曾七八姑觉得自己真的老了，在世间也成了那根多余的手指，看来是时候去跟老头子见面了。她努力从沙发上拔起身子，看了看挂在墙壁上的那张遗照：老头子还是那么年轻，仍像刚跟她结婚时那样精神，再看看自个儿，脸就像刚剥过壳的笋子一样，还是那种过季、硬得再也咬不动的老笋。她这辈子赚到了，而且即将实现一个家庭至高无上的荣耀：四世同堂。要说还有什么遗憾，那就是没机会看到快出生的曾孙，都说曾孙跟曾祖父最像，如能在他脸上看到老头子的眼睛鼻子嘴巴，那她真就可以放心地闭眼了。

"给你哥打个电话。"曾七八姑起身道。

"妈，你同意啦。"安育民很高兴，当即去抽屉找到一张撕下来的日历，照着上面记的手机号码给安邦国拨过去。哪怕拿了安邦国这么多钱，安育民还是没把他的号码保存在手机上，理由是不会打字。其实安允文教过他好多次，并非真跟不上像孙猴子一样变化多端的智能手机，而是不愿意学，有时候看着陌生电话进来，惶恐多时也不敢接，以为是催债来电，好不容易壮起胆子接了，一听到大哥的声音，便嘚瑟上了："怎么着？大哥，在北京待腻了，想你弟弟我了？"现在照着日历上的手机号码，像凿石头那样，把数字一个一个地凿进手机上，然后就等着大哥接听，也不着急说话，而是等那边说了好几个"喂"后，自己再说话。每次不管接电话，还是打电话，安育民总要起范儿，恶习估计是随他那个早死的爹，因为曾七八姑并没有这个毛病，大哥安邦国也没有，全家就数他最有表演天赋。安育民这么做，是不想在大哥面前掉价，这样起码还能伪装自己也是有事可干，不是那种时刻抱着手机刷短视频的闲人。

"打通没？"曾七八姑问道。

"大哥没接听，敢情比我这个当弟弟的还忙呢。"安育民笑道。

见老母亲脸色不太对，以为她害怕北京也会像一锅夹生饭，眼看到嘴了，最后却不得不丢了喂鸡。于是立马挂断，重新拨打，这次安邦国很快接了，只说了一个"喂"字，安育民便迫不及待地嚷道："你干吗呢？怎么老半天不接电话。"

"公司遇到点事，过会儿说。"安邦国说。

"我也有事要跟你说。"安育民说。

但曾七八姑没给老二开口的机会，她起身用力夺过手机，对着手机屏幕上那串数字，连哭带喊道："你是不是忘了家里还有个老妈？"

"妈，你怎么了？我忘了谁也不能忘了你啊。"安邦国说。

"你妈就快死了，还不快回来给你妈收尸。"曾七八姑喊道。

"妈，你是不是没钱用了？别急，我马上给弟弟打过去。"安邦国说。

"别仗着有几个臭钱跟你妈这么说话。也对，我死了，你大可以用钱买过一个妈。"曾七八姑一急就撂了电话。

安育民接过手机，再打过去，发现自己的手机欠费了，本想立即充值，转念一想，大哥要是打不通，会主动给自己充话费的。这么想着，便抱着手机坐等充费的短信响起，看到老妈拄着拐杖好像站不稳了，只好不舍地将手机先放桌上，再伸手扶她回沙发上坐好。

"我坐不惯这破沙发。"曾七八姑终于勇敢地跟老二说不。

安育民只好搀她坐她的冷板凳，没想到却被她甩手严拒：

"闪开，老娘还没到需要人服侍的地步。"

四

安允文自从媳妇怀孕后，肉眼可见地胖起来，安家没出过胖子，安允文能在七八个月内重三十斤，全托媳妇的福。他不像别的男人，重了个几斤就勤泡健身房，而是任由自己胖下去，因为这样才能证明他生活幸福，也能让别人瞧出他要当爹了。就是之前的衣服都穿不上让他有些犯愁，一到公司，立即把裤头的扣子给解了，吃饭喝水都在工位上，就怕一扣上就给崩了。实在憋不住了，上厕所也不敢扣上扣子，而是两手插进满溢的腰上，吃力地提着裤子，飞快地跑进厕所。小号倒还好，可以直接拉下拉链，大号就麻烦了，蹲在马桶上，不能再像以往那样直接褪下裤子，而是需把一只裤脚脱下来，盖在另一只裤脚上，这样才能让腹中宿便畅通无阻。

也想过去买衣服，但由于钱都要紧着媳妇用，便把购物车里保存许久的新品给取消了。媳妇生产在即，安允文请了几月的陪产假，安心在家任劳任怨。虽然媳妇仗着有功于安家，在家里过于任性了，但安允文看在孩子的分儿上，都会让一让刁蛮的媳妇，每天时刻待命，只要她咳嗽一声，立马把备好的水果奉上。媳妇刚开始发号施令时，有些不好意思，但使唤多了，便享受到了致幻剂般的权力，有时没事还会故意刁难他，就为了看看自己的话还好不好使。见安允文鞍前马后，毫无怨言，终于安心养胎，但还是会时刻警告安允文：

"别看你嘴上不说，其实心里早就恨上我了，告诉你，不是我愿意折腾你，而是你的儿子需要你，将来你要怪就怪你儿子去。"

"老婆大人，你可屈死我了，我哪敢啊？"安允文用牙签把一片水果递到她嘴边。

"那你每天在家穿着裤衩是怎么回事？"媳妇嚼了嚼水果，嘴角流出了汁水，安允文忙用纸巾去擦。

"我这不是图方便吗？"安允文趁她不注意，往自己嘴里搬了好几片水果。

"图什么方便？医生不是说怀孕期间不能房事吗？"媳妇骂道。

"我不是这个意思，我是说穿着裤衩人比较轻松一点，你也不看看我最近胖了多少？"安允文笑道。

媳妇瞥了一眼他，见他果真胖不少，把水果核啐了出来，道："敢情给我儿子吃的东西全进了你的狗嘴，羞不羞？"

安允文摸着头没再说话。媳妇仰着脑袋连连犯困，抬起一只手让他扶自己回房睡觉，见安允文木鱼脑袋没有深入领会最高指示，更无狠抓落实的能力，气就不打出一处来了：

"这还没怎么着呢，我说的话就不好使了？"

正在换衣服的安允文马上将她扶进房间，给她盖好被子，调好枕头高度，见今天的任务终于顺利完成，这才轻手轻脚地准备退出去，可还没走几步，媳妇的懿旨又到了：

"等等。"

安允文立即趋前恭候圣命："喳，太后还有何吩咐？小安子保证一定完成。"

"少看点宫斗剧，我看你都快成太监了。"媳妇笑道，"对了，你爸是不是快来了？"

"我去打电话催催。"安允文回道。

安允文曲解了媳妇的意思，再一次。她的意思不是让他催安育民快来，而是让他别来了，当然人来不了，做公公的心意却不能少，坐月子所需的各种费用让他抓紧时间打来，晚了就耽误她儿子的营养了，最后着重强调道：

"我打算雇个月嫂，别忘了让你爸多打点钱。"

说完这句，媳妇就打起了呼，睡着了。安允文拿着手机慌了，没想到之前说好的一切都变了，不，是自打媳妇怀孕以来，万事万物都变了。他并不怕给她当牛做马，因为短则一月，长则半年，总会重新夺回家里的主权，而是号不准海底针的女人心，同床多年，自诩非常了解对方，怎么也想不到怀孕后变化这么大。早知如此，还不如就继续过二人世界。不过也怪不得别人，见别人生头胎的生头胎，生二胎的生二胎，终于急了，却严重低估了生孩子的困难，以为眨眼就能抱到一个可爱的大胖小子，却不知几近要耗尽所有精气神，才能勉强养大孩子。观念也在无形中转变了，不再觉得生孩子是女人的专利，而是男人受罪的开始，女人只在开宫口的时候疼上那么几分钟，而男人则需在接下来的日日夜夜随时候命。身体上的劳累还不算什么，精神上的高度紧张才要命，以前以为公司老板的话一天三变，现在才发现怀孕的女人比资本家更善变。随着年纪的增长，他学到了当面一套、背后一套对付老板的办法，却怎么也学不会如何应付一个怀孕的女人，因为只要敢把这套用在她身上，准保被她识破。都说怀孕的女人智商比东非大裂谷还低，可在他看来，恰恰相反，竟足足比珠穆朗玛峰还高出了一厘米。

更要命的是，媳妇不是善茬儿，老爸安育民更加不好惹，假如只需应付一个媳妇，那安允文还不至于如此进退失据，恰恰还要同时应对老爸，才让他立马慌了神。媳妇生气可以拿话哄一哄，老爸生了气，不掉块肉、脱层皮怎么也过不去。而且早在媳妇怀孕之初，就给安育民打了包票，届时一定请他来厦门帮忙，以为到时还能好好利用难得的陪产假，陪他去鼓浪屿玩上十天半个月。而安育民显然也跟儿子想到一块儿去了，只要有空，都会给安允文打电话，当然不会明说去厦门的事，而是话里话外都在暗示该订票了。

安允文不知该如何跟老爸开口，在客厅走来走去，看着没租多久的房子，真恨不得把房给退了，也是因为计划着老爸要来，才新租了这个两室一厅。现在情况有变，再住这么大的房子，钱包就更吃不消了。房子的事倒在其次，跟老爸开口又不伤父子情面才是当务之急。伸头一刀，缩头也是一刀，安允文深吸一口气，便拿起手机给安育民拨打电话。

但安育民的电话先打来了。安允文以为他又来催他订票，没想到事情完全出乎他的意料，老爸安育民竟说他估计来不了了。当然，没说一定来不了，而是可能来不了，不过这话从安育民嘴里说出来，就是百分之一百来不了。

"明明说好的，爸你怎么突然反悔了？"安允文问。

"哎，别提了，都是因为那个老不……"安育民自知失言，立马改口，"我一来，你奶奶在家就没人照顾了。"

"之前不是说好了吗？雇保姆在家照顾奶奶，再说她身体这么硬朗，能出什么事？"安允文继续问道。

"哎，你奶奶最近病了，这都好几天没吃饭了。"安育民长叹一声，眼睁睁看着厦门离他而去，在旅游攻略上面画好的箭头，也一个个突然折返回来，像一把把匕首直插他的心窝。

这通关于曾七八姑重病在床的电话，在安允文这个孙子心里没起丝毫反应，而对安育民而言，因需每天侍奉汤药，所以对老母的病表现出了相应的悲戚，不过也非为她的健康计，而是不知这种日子何时是个头。

"对了，可以让大伯回来啊，实在不行就让他多打点钱。"安允文又跟安育民想到一块儿去了。这个办法安育民不是没想过，也给安邦国打了电话，但他这回还是不信老母亲病了，以为又诈他回来帮他处理债务事宜，仍是找了诸多借口不回来，不是说最近公司有事抽不开身，就是说最近在跟老婆闹离婚。安育民知道这些都是实情，大哥的确忙得像个陀螺，这几年也确实在打离婚官司。这些都是安育民无从想象的事，尤其离婚，在他看来就跟世界十大未解之谜一样。

不过话一出口，安允文就后悔了，害怕老爸果真举着孝旗逼大伯回来，如此一来，老爸便能腾出时间来厦门了，想到那个一日三变的媳妇，安允文不敢想象自己届时将会遭受何等酷刑。好在，安育民否决了这个提议，并把安邦国的处境添油加醋地跟儿子提了一嘴，安允文悬着的心旋即落地，并与他共同加入讨伐有钱人的行列："这都是钱给闹的，要没那么多钱，哪会有这么多破事？"

"谁说不是呢？钱够花就行，多了指定扎手，闹得家里乌烟瘴气。"安育民俨然忘了他还要靠有钱人安邦国接济，言语之中好像钱得罪了他似的。打这通电话之前，安育民还各种不顺心，打完电话，心结终于解开了，看来儿子不单单是儿子，还是难得一遇的知音。从那以后，安育民就爱上了跟他打电话，但此后的每一通电话都没有最开始的那一通来得畅快，经常说不到几句就挂了。安育民开始还有些生气，但想到儿子忙于迎接属于他自己的"知音"，也就大人有大量地原谅了他。

为在媳妇面前邀功，安允文拔高了自己的功劳，夸大了自己的能力，分明是安育民自己主动不来的，非说是经过他一番苦劝的结果。因此，看在没有功劳也有苦劳的分儿上，近日可否让他出去放个风。

"不行，万一你前脚刚走，我后脚就要生了咋办？"媳妇的确满意安允文的表现，但如果仗着立过寸功，就敢贪得无厌,那她可是会严惩这个乱臣贼子的。再说,安允文只完成了一半任务,另一半要钱的任务可还没影:"你现在马上去要钱。要不到钱哪都甭想去,我还不知道你啊,又准备去跟你那帮狐朋狗友搓麻将吧?"

"哪有,我只是出去走一走,家里闷。"安允文回道。

"好啊,才这么几天就嫌闷了,我这几个月都待在家里怎么不闷?你儿子每日在我肚里怎么不闷?"媳妇的连番质问让安允文无话可说。见他一棍子打不出一个屁来,她的火力更猛了:"怎么着?我说得不够清楚是不?还不快去跟你老子要钱。"

安允文扭身准备退出房间,刚要走,又被媳妇唤住了。以为她要吃水果,马上把桌上剩余的水果送到她嘴边,可她看都没看一眼,而是伸出右手。安允文完全糊涂了,搞不清楚她葫芦里卖的什么药,当场愣在门边,双眉拧成了麻花。

"还不快扶我去屙尿!"媳妇命令道。

安允文扶她进厕所,帮她褪下裤子,看到那双象腿一般粗的大腿,别过脸去不想看,这又让她有话说了:"你是不是在嫌弃我?忘了你以前是怎么抱着我的大腿啃的了?"安允文只好把头转回去,盯着那双粗腿,却怎么也想不起何时啃过它们。

媳妇坐在马桶上,安允文守在一边,见她专心如厕,便把眼睛放到天花板上。卫生间的照明灯十分晃眼,没有开排气扇,让他闻到好重一股异味,又不敢把排气扇打开。把媳妇扶回床上后,安允文偷偷回到卫生间,锁好门,打开排气扇,拧开水龙头,压出洗手液,勤搓手。

产期将近,检查每张卡上的余额,前后加了好几遍,安允文发现还是远远不够。这对小夫妻没有存钱概念,不是月光族,就是寅吃卯粮,从来没有为明天担心过,即便媳妇怀孕后,安允文也不着急,实在不行,至少还能啃老。这段时间,安育民的确给过些钱,但都是毛毛雨,两天不到就花完了,知道老爸抠门,没想到对他孙子也这么抠门,安允文就不乐意了,打电话过去一通质问,这才明白原来是误会了他老人家。

安育民以为现在还搁过去那样,偶尔炖一只鸡就行了——他出的钱可是一下能买二十只鸡——哪知道现代人怀孕这么麻烦,不仅要补充什么叶酸、DHA,其他维生素、矿物质也一个不能少,说是只有全面均衡的营养,才能保证宝宝健康发育,只好忍痛再多打点钱过去,仍旧杯水车薪。

每次开口朝安育民要钱,安允文就头大,简直比加班要加班费还费事,其他姑且不提,单单安育民的唠叨,就让他难以招架,时间一长,安允文就不愿再跟他开口,而是背着媳妇早早借了五万块网贷。

现在为了堵住媳妇的嘴,又多借了一万块划到账上,接着将卡上余额拿给刚睡醒的媳妇看。媳妇看了,以为是公公这只铁公鸡终于舍得出血了,不禁打消了对他的所有偏见,当着安允文的面,将安育民夸成是世界上最好的公公。

媳妇说:"看来我们有时间还是要多关心关心咱爸。"

安允文说:"咱爸对我们还是很好的。"

媳妇说:"这次过年回去,你给他买条好一点儿的烟,别再让他整天拿着中华盒子装样子了。"

安允文说:"得嘞。"

看在钱的分儿上,媳妇准备做一个好儿媳,安允文却在想怎么样拆东墙补西墙,把欠的钱尽早给堵上,这要继续利滚利地滚下来,还不得把他给压死。不过媳妇却没让他多想,因为她好像要生了。安允文吓坏了,拿出手机立马拨打120。

"等等,好像还没到时候,儿子刚在踢我呢。"媳妇道。

安允文将手机放到床头柜上,耳朵贴在媳妇的肚子上,隔着肚皮就被胎儿踢了一脚,笑道:"这小子还没出生力气就这么大,长大后还了得。"

"老公,我饿了。"媳妇难得这么温柔。

"老婆你想吃什么,老公马上给你做。"安允文问道。

"螺蛳粉。"媳妇回道。

"马上就好。"安允文忘了拿手机,钻进厨房准备煮螺蛳粉,刚把水烧沸,就听到房间传来一声巨响,握着锅铲马上跑过去查看,发现媳妇举着他的手机摔到了地上,羊水已经破了。安允文拿过手机正要拨打120,便瞥见手机上的催债短信,也当即瘫到了地上。

五

陆天仁坐牢后,缺心眼的陆旭阳心眼就活了,不再像以前那样不把小钱当钱,也不再不把苦力活儿当活儿,买烟也会算计几块钱的差价,逢人就打听哪里还缺人手。起初人们同情他,愿意让他占点儿小便宜,把烟价故意少说几块,也会热心帮他介绍哪里能卖力气,可没过几天,陆旭阳又积习难改,见买的烟没有贵烟好抽,赊账都要抽中华，干一个小时重活，倒要休息两小时，硬生生拖慢了进度。久而久之，人们就把同情换成了痛恨，不再给他赊账，更不愿给他揽活。丢了生计的陆旭阳由于还有点存款，并不放在心上，当儿媳妇和孙子像龙吸水那样吸光了他的存款后，这才着急上了。

烟一天不抽也没什么，大不了去麻将馆里蹭几根，或者捡几根烟屁股，但一天没活干，家里的一大一小加上他这一老就要饿肚子，大人还可以随便应付过去，但对正在长身体的孙子来说，每顿保证不了营养就会出大事。时间一长，或许就无法再拴住儿媳妇的心，铁定打着出去打工的名义跟其他男人跑了。因此，断了生计的陆旭阳又开始了日复一日的求人，几乎求遍了每一个熟人，看到陌生人，也敢赔上老脸上前搭讪几句。

不求人的时候，觉得自己的人脉多，走哪都能碰到熟人，手机上也全是别人的电话号码，可自打求上了人，才发现认识的人一只手都数得过来，手机上的那些号码也全成了空号。陆旭阳发觉自己做人很失败，每天都不敢回大本营，无颜面对家里的一大一小。但又不得不回家，不回家让他更紧张，就怕儿媳抱着孙子逃走了。每到日落都在回与不回之间犹豫，一到日出又在思考今天还要不要出去继续丢人。

做人的滋味陆旭阳可算尝够了,而且时间也似乎变慢了,以前在外溜达个几圈天就黑了,现在走遍了乡镇与县城,回来还不到下午三点。时间都在跟他作对,摆明了想多关陆天仁几年,让他本人多受几年罪。几次都想开口让儿媳妇出去找活干,为了避免出现鸡飞蛋打的局面,最好找个理由能把孙子留在家里,她自个儿出去干活就行,这样就不怕她被哪个野男人拐跑了——在男人和儿子之间,世界上所有的母亲都会选择后者。可这个利用母爱以解燃眉之急的计策,由于始终没有挑明,所以也就无法取得预期效果。不过老天并没有给他多少时间犹豫,因为家里又断炊了,只好早早从床上爬起来,坐在客厅,等着孙子要喝奶的哭声响起。

但儿媳妇的房间却迟迟没有动静,以往这个时候,孙子都会准时肚饿,吵醒嗜睡的儿媳,然后她就会边哄孩子,边给他喂奶。当陆旭阳在客厅听不到孙子的哭声后,就会知道孙子正在喝母乳,这个时候,为了避嫌他会走到门外,等儿媳收拾利落后,再把做好的早饭从厨房端出来。此刻都八点整了,孙子不仅没哭,儿媳也没要出来的迹象,陆旭阳便顾不得那么许多,正在房门口徘徊要不要进去，没想到却有人上门了。

"哟，这是刚出来？还是准备进去？"来人是李星辉，他一眼就瞧出那间是陆旭阳儿媳的房间，但并未多想，只是有心跟他逗闷子。可李星辉的玩笑之举，却被陆旭阳当成了话里有话："我警告你，饭可以乱吃，话可不能乱说。我的为人别人不清楚，难道李老弟还会不清楚吗？"

"陆大哥的为人我当然清楚，肯定不会做丢人的事。"李星辉说。

"如果她愿意，我一定不会反对她改嫁。"陆旭阳说："当然，也不能随便改嫁，最好能嫁给像李老弟这样踏实可靠的人。"

"陆大哥，你说真的？"李星辉一把攥住了陆旭阳的手。

陆旭阳忙把手抽开："李老弟过来有何事？"

"对了，我来问问陆大哥还想不想去北京？"李星辉问。

"当然要去，救命之恩哪有不以涌泉相报的道理？"事到如今，陆旭阳算想明白了，他的难题真的只有在北京才能得到解决，眼面前的这些人就算帮他，也只是扬汤止沸，管不了什么大用，而安邦国虽远在北京，但因能力出众，即便是远水，只要量够大，也能彻底帮他抽薪止沸。

"可现在安育民自己都泥菩萨过江自身难保，怎么可能还会让我们去北京？"李星辉说。安家老太太曾七八姑，好端端的突然一病不起，现在躺床上好几天了，还没有下地的迹象，不仅如此，听说安育民的儿媳妇也由于受了惊吓，肚里的胎儿都不知道还能不能保住。在这种情况下，如果还强行让安育民兑现协议，未免太不是人了。

"真是好媳妇啊，听安育民说，他儿媳一听到老太太病了，马上就不舒服了。我看安家还是有福，起码儿媳妇娶对了。"陆旭阳感慨道。

"陆大哥你到底是怎么想的？"李星辉说什么都要让他拿个主意。这回上门之前，李星辉只是准备随口说说此事，不管去不去得成都无所谓，权当饭后的谈资罢了。但听到刚才陆旭阳的话后，就立马改变了主意，不管如何，都要与陆旭阳同进退，他说去就去，他说不去就不去，谁叫他家里还有个守活寡的俏儿媳呢。

"去，一定要去。"陆旭阳完全不知道李星辉的心思。

他不仅表明了要去的决心,还当场给李星辉支招儿:"只要安家老太太一死,当然,我也不希望她死,不过毕竟八十岁了,保不齐什么时候就嘎屁了。我是说,万一老太太没能撑住,那么安邦国肯定会从北京回来,到时我们可一定要做到眼中有事,手中有活。"

"我不太明白,还请陆大哥详细说说。"李星辉不明白安家老太太死了跟他李星辉,跟他陆旭阳有什么关系。因为他们并非本家,往上数几代,也没有联过姻,更没有烧黄纸,斩鸡头,拜过把子。就是陆、李两家,也是因为各怀心思,李星辉才甘愿称陆旭阳一声"陆大哥"。在异姓关系如此冷淡的地方,他委实理解不了陆旭阳的意思。

"别怪大哥我说话直,李老弟你可真够笨的。"陆旭阳把这段时间丢掉的脸全拾起来了,说话就真有些像爷了,丝毫没了之前求爷爷告奶奶的孙子样,"只要安邦国一回来,我们就争取做第一批去悼念老太太的人。而且葬礼上也需要人手,到时我们主动帮忙,我就不信感动不了安邦国这个吃皇粮的大老板。最后趁他准备回京之际,再把我们的目的随口一提,只要安邦国不是那种过河拆桥之人,北京,我们去定了。"

"哎呀,还是陆大哥聪明,我怎么就想不到这一点。"

李星辉的恭维半真半假，真的是他的确没想到这一出，假的是他认为这个计划漏洞百出。先不提安邦国到底能否回来，毕竟他这个大忙人已经十几年没回过家了，就算回来，他们能不能成为第一批客人也还不一定，因为到时肯定有比他们更加有分量的人登门拜访，那些人即便不是第一批，但因身份在那摆着，也会让安邦国格外重视起来。再有就是，仅凭在葬礼上出力说不定也会白费劲，因为安邦国大可以花钱请人帮忙，而且只要他愿意，甚至还能花钱找人捧遗像，摔火盆，假哭丧。到时一大堆"孝子贤孙"帮忙，他怎么能分辨哪些人是自己雇来的，哪些人是没收钱主动帮忙的。在这些有钱人眼里，干体力活的都长一个样，完全没有另眼相看的道理。不过李星辉没有以实相告，为了不让陆旭阳看扁，嫌他不中用，只好临时从脑海挤出另一个问题："我担心到时安邦国可能会先去厦门。"

"他去厦门干吗？"陆旭阳瞪了他一眼。

"先去厦门看他的侄媳妇，毕竟活人比死人要紧。"李星辉不敢看他的眼睛。

"我就不信有这么巧的事，哪能生孩子和死老人同时发生？"陆旭阳觉得李星辉在抬杠，不想再搭理他。

"不怕一万，就怕万一。"李星辉咽了咽口水道，"万一安育民的儿媳真的难产了，导致一尸两命，即便安家老太太也挂了，安邦国也会优先在厦门帮忙处理两条人命的大事，之后才会腾出手回来处理一条人命的小事。"

"就算这样，也只是早几天晚几天的事。还有，你嘴上怎么没个把门的净胡说呢。"陆旭阳很生气，他虽然也不盼别人好，但从不会去咒别人，这么下作的事他干不来，所以他觉得有必要给李老弟的思想敲敲警钟："现在医学这么发达，生孩子还不跟吃饭喝水一样简单啊，你以为搁过去呢。不提别人，就提我那个儿媳妇，她生孩子的时候可是一点罪都没遭，连接生的护士都觉得纳闷，提前备好的医疗器械也全没用上。就算安育民的儿媳妇要遭点罪，也有这么多医生护士保驾护航，怎么可能让黑白无常给锁了去。李老弟，你这话在我这里说一说就得了，千万别去外面说。"

只是提了提自己的想法，就被陆旭阳板着面孔训了一顿，李星辉心里虽不是滋味，但面上仍赔着笑："陆大哥训的是，我说错话了。"看了看桌上，连杯茶水都没有，笑道："这要有酒，我肯定自罚三杯，好好罚罚自己这张臭嘴。"

陆旭阳没听出弦外之音，以为李星辉真听进去了，便再次拿腔拿调起来："我还有句话，希望李老弟听了别吃心。"

"还请陆大哥指教。"李星辉摆正坐姿，也想看看这个姓陆的还有什么屁要放。

"李老弟，你知道为什么你五十好几了还没讨到老婆吗？"陆旭阳一得意，也忘了哪些话该说，哪些话不该说，"我看都要怪你这张臭嘴，说话太恶毒了，还有就是喝酒太凶了，李老弟要能改掉这两个臭毛病，何愁没有女子愿意跟你。"

李星辉一听，脸刷一下就白了，几乎比死人的脸还要白，好似提前被阎王化了妆。但他仍然没有动怒，不过也不敢再搭腔，就怕招来陆旭阳更多的编排，从而让自己更加颜面无存。不过他也没有为此白白便宜这个姓陆的，嘴上不能公然反抗，起码还能在心里骂上几句："你他妈的有老婆又如何，还不是被你克死了，你他妈的有儿子又能怎么样，还不是被关进局子里了，你他妈的都要绝户的人了，有什么资格来教训我？"

李星辉在心里骂完痛快多了。陆旭阳头回说那么多话，说得口干舌燥，很想起身去烧水泡茶，又怕便宜李星辉这小子，只好继续干坐着，等着对方主动离去。儿媳的房间传来了咳嗽声，陆旭阳知道是孙子醒了，正在温习吃奶前的准备动作。看来孙子今天是饿不着了，但儿媳的早餐陆旭阳却还没做，就算想做也没有东西做，所以陆旭阳又巴不得李星辉能多坐一会儿，最好不用他说，就能看出他的难色，从而大方地借他一点钱。不过李星辉却丝毫没有借钱的意思，听到房间传出了动静，就起身告辞，但却走得有点慢。

"哎，做母亲的真可怜，什么都要紧着孩子吃。"陆旭阳见李星辉不会看人下菜碟，干脆把话挑明一点。但话都说到这个份儿上了，李星辉仍没有任何表示，还是时不时地回头望。

陆旭阳忙起身去把房门关严，见李星辉走了半天，还没走出去，便推搡了他一把，道："李老弟的腿这是怎么了？"

"我这老寒腿都习惯了，每到变天就痛，简直比天气预报还准。"李星辉解释道。

陆旭阳看到外面八九点钟的太阳光彩照人，丝毫没有变天的可能，笑道："那李老弟可要多注意，这几天千万不能随便再去别人家做客，这要被谁家的狗咬了，不仅让主人面子上过不去，李老弟的好心说不定也会被当成驴肝肺。"

"陆大哥留步，我们下回再聚。"李星辉说。

"那个，李老弟手头方便吗？"陆旭阳问道。

"陆大哥缺钱花吗？"李星辉明知故问。

"我的钱都在银行里存了死期，现在取出来不划算。"陆旭阳说。

房门哐当一下开了。李星辉喊道："陆大哥你还跟我这么客气干吗？这点钱你先拿去花，不够再找我要。"

六

李星辉借钱给陆旭阳后，就以恩主的姿态跟他来往了。他将这点钱当成春天播的种子，梦想秋天准能收获一个暖被窝的婆娘。但他也清楚，仅凭这点种子，要想结出诱人的果实，显然有些困难，最好还要勤浇水。然而，今年天气不好，雨水少，看来收成也不会好到哪去，这都到秋天了，种子仍未破土。而他这段时间浇的水也足以冲毁两座龙王庙了，可仍是襄王有意，神女无心。为了前期的投资不至于打了水漂，李星辉只好一次次满足陆旭阳。

"李老弟放心,一定不会让你赔本。"每当李星辉脸上表现出退意时,陆旭阳都会用类似的话哄他。李星辉不知道这是什么意思,是说陆旭阳将来会连本带利还他钱,还是说他真想让儿媳改嫁给他。不过不管是哪一种,李星辉都觉得不会吃亏,起码不至于吃大亏,因此,每次得到陆旭阳含糊不清的保证后,不仅没有跟他划清界限,反而找他找得更勤了。虽然在陆家只是坐着说些废话,但偶尔能跟那个神女打个照面,对李星辉来说,也算提前收到高额利息了。

可让李星辉没料到的是,哪怕他一日三餐都在陆家解决,或者干脆就住在陆家,也无缘再见到梦中的神女。因为陆旭阳这只老狐狸竟打发她上县里找工作去了。所以,李星辉再往陆家跑,就只能看到陆旭阳那张令人作呕的脸,再也看不到神女的飘飘长发和微胖的婀娜身姿。好在神女的儿子还在陆家,此刻就被陆旭阳抱在怀里把尿。只要这个小王八蛋还在,李星辉就有把握她迟早还会回来。这么一想,李星辉很快又懊恼起来,因为发觉自己竟敢骂神女的儿子,要知道将来她如果答应嫁给他,起码有百分之七十的概率会带着儿子改嫁,到时他可就是这小王八羔子的老子了。

在心里拟定短期进攻战略后,李星辉热心地帮将来的儿子换纸尿裤,当爷爷的陆旭阳也乐意做个甩手掌柜,将孙子的吃喝拉撒一应交给李星辉负责,有时还会让他把冰箱里的奶水温好,喂自己这个永不餍足的宝贝孙子。

李星辉抱着"儿子",用手背去试奶水温度,然后把奶嘴塞到这小家伙嘴里。喂完后,在屋里到处没见到陆旭阳,出门一看,只见陆旭阳撅着屁股躲在那棵枇杷树后鬼鬼祟祟。

"陆大哥,你干吗?"李星辉喊道。

"嘘。"陆旭阳回头说。

李星辉发现安家门前站了两个戴着墨镜的彪形大汉,以为是安邦国从北京回来了,拉上陆旭阳就要过去攀交情,却被他死死拽住:"你不要命啦。"李星辉一头雾水,见陆旭阳神色紧张,晓得他没在开玩笑,于是退回树后,悄声问道:"怎么了?"

陆旭阳说:"好像是追债的债主。"

李星辉说:"走,我们过去看看。"

陆旭阳说:"奉劝你别过去。"

李星辉说:"冤有头债有主,又不是我们欠人钱,怕什么？"

陆旭阳觉得有理，便把李星辉推到前头，自己偷摸跟在他身后。李星辉用手托举着婴儿，陆旭阳看到孙子正拿大眼珠盯着自己，忙伸出一根手指，让他千万别出声，但孙子却误以为爷爷在跟自己闹着玩，旋即咯咯笑出了声。

陆旭阳说不动自己的孙子，李星辉的话却反而好使，他只是拍了拍对方的小屁股，孙子就安静了下来。陆旭阳放心地跟随李星辉来到安家门前。

"站住！"两个彪形大汉喝道。

"我们是安家的邻居，过来串串门。"李星辉说。话音刚落，两个大汉就出手把陆、李二人给提溜了进去，其中一个大汉怕伤到婴儿，提前把孩子抱过来。陆、李二人敢怒不敢言，乖乖地被押进去，一进去李星辉便夺回自己的"儿子"，好一顿安抚。

客厅沙发上坐着一个打着绿领带、穿着皮鞋的中年男人，看到陆、李二人，以为是帮安育民还债的，忙请他们落座。

"钱带来了吗？"债主问道。

"什么钱？"陆旭阳一听就想跑，看到两个大汉堵在门口，腿便软了下来，也不敢坐下来，而是站在一侧，看看债主，又看看安育民。安育民穿着大裤衩，趿拉着人字拖，看来刚被人从床上拽起。

"你们谁是安邦国？"债主点了一根烟，脚下已有了十来根烟屁股，看来到了有一会儿了。

"我们都不是安邦国。安邦国在北京。"李星辉说。

"这么说，安家果真有一个安邦国？"债主说。

"当然，安邦国是赚首都钱的大老板，小弟多嘴问一句，安家到底发生什么事了？劳动几位大哥出马。"李星辉说。

"你们认识安允文吧？这厮借了我们的高利贷还不上，我们当然就要上门找他老子还了。"债主喷出一个完美的烟圈。

李星辉与陆旭阳彼此递了一个眼神，两人都有些意外，以为是安育民欠钱不还，没想到是众人眼中的孝子贤孙借了高利贷。

"敢问这位大哥，允文欠你多少钱？"李星辉壮胆问道。

这位大哥没再言语，而是伸出夹烟的右手比画了一个数字。陆旭阳一看到这个数字，翻了一个白眼，找了个空位旁若无人地坐下去，看到茶几上摆着一盒软中华，问也没问，就抽出一根叼嘴里点上，急得李星辉在一旁不停地给他使眼色，给他也抽一根。陆旭阳抽了一口烟，啐掉嘴里的烟丝道："我还以为欠你多少呢？只有五千块你们就兴师动众，至于吗？"说到这，看了看门边那两个大汉，继续道："居然还雇了两个打手，我看雇这两人的钱都不止五千块吧？这叫什么，这就叫拉虎皮扯大旗，净吓唬人。"

这位大哥觉得陆旭阳很有魄力，说的话充满豪气，便坐过去靠近他，抽烟的手搭在他肩膀上，烟灰不断地往下坠，又帮他拍干净，嘴里说道："我看这位大爷眼神不太好使，我比画的可不止五千，而是五十万。"

陆旭阳嘴里叼的烟掉到了裤子上，急忙起身拍掉火星，然后快速瞄了一眼四周，找准李星辉身旁的空档站了过去，再也不敢动，就连呼吸都压低了不少。

隔壁的房间传来曾老太太的呻吟，安育民起身前去厨房给老母亲送早餐。债主给门口的大汉使了一个眼色，其中一个大汉出手拦住安育民，警告他别耍花招，最好把碗筷放下。安育民看了看债主，端着碗饭的手抖个不停，怯懦地说道："我不跑，我去喂我老妈。"

"令堂怎么了？"债主瞟了一眼隔壁房间。

"我妈病了好一段时间了。"安育民尽量表现得像个孝子。

"既如此，你大哥安邦国怎么没回来？"债主问道。

"说是这几天的飞机，大哥，你别着急，等我哥一回来，马上把钱还给你。"安育民似乎找到了救命稻草。

"你们二位怎么称呼？"债主提问站一起的陆、李二人，他不太相信安育民，最好能在他们嘴里得到可靠的消息，这样才不至于白来一趟，也不怕他们串通，因为这次是突然杀上门来，追债要的就是这种效果，假如提前通知，说不定就让安育民给跑了。陆、李二人各自说了自己的名字，见这位大哥没再发问，便识相地闭上嘴不再出声。债主招手让陆旭阳过来："陆大爷，你觉得安育民说的是真的吗？"

"换以前，我不会信他说的话，但现在我相信，老母病重，这要还不回来，简直禽兽不如。"陆旭阳道。

李星辉的回答也差不多。债主又给自己点上一根烟，茶几上那包软中华已经瘪了，陆旭阳的眼睛盯在上面，希望还能剩几根。债主抽着烟在心里盘算，末了又听到房间的呻吟，只好先放安育民进去尽孝。安育民得到许可，一边用调羹拌凉白粥，一边嘴里道着谢走进去，经过怀抱婴儿的李星辉身旁，刚哄好的婴儿闻到味道，又哭闹上了。陆旭阳怕连累自己，说了狠话，却让婴儿越哭越凶，李星辉轻轻地拍打他的屁股，才让他再次安静下来。没想到婴儿停止了哭闹，房间里的老人又叫唤开了："是要把我饿死还是怎么着？怎么叫了半天也没个鬼给我吃的。"

安育民打开房门，叫道："妈，你别嚷了，让别人听见像什么话？"

"我就要让别人听见，让大伙都知道我生了两个好儿子。"曾老太太嚷道。

债主起身告辞，出门之前还撂了句狠话："过几天要再不还钱，我可就没那么好说话了。"走到门口，看到那个婴儿，用手指逗了逗他那胖嘟嘟的脸。婴儿扑哧一声笑了，露出还没长牙的嘴。

"他们走了？"安育民出来问陆、李二人。

陆旭阳已经坐在了沙发上，此时正拿起茶几上的软中华，放到跟前一看，发现一根不剩，一把将烟盒揉了，丢出门外道："走了，瞧把他给牛的。"

李星辉也抱着婴儿坐下来。三人一时无话，过了一会儿,李星辉问说:"安大哥,允文的媳妇怎么样了?"

"哎,别提了,听到老人病重的消息,一激动孩子没保住,现在还躺在医院里。这可又是一笔不小的开销。"安育民道。

李星辉安慰道:"大人没事就行,还那么年轻,还有的是机会生。"

"哎,她正跟允文闹离婚呢。"安育民道。自从儿媳妇知道安允文欠了这么多外债后,几次放狠话要离婚,看来病一好利索,就会马上去民政局扯离婚证。

"你哥真是这几天的飞机吗?"陆旭阳说到了正题。安育民脸露难色,看来他仍没把握安邦国这次能否回来。

"安大哥先忙,我们过几天再来。"李星辉看了陆旭阳一眼。陆旭阳起身与他告辞,走前还顺走了茶几上的那个打火机。

接下来的几天,所有人都在等着安邦国回来。安育民整天坐在门口,透过那棵缺少树杈的枇杷树,盼望能早日看到大哥提着大包小包出现。曾七八姑在房里隔三岔五地嚷饿,后面几天,气息愈发微弱,饶是如此,安邦国还是没有回来。陆、李二人也没再去过安家,陆旭阳每天主动把李星辉叫到家里,搬了两张凳子,挑了一个自然条件和地理位置俱佳的方向，既能一眼看到从门外经过的安邦国，又不至于被安育民看到，然而也跟安育民一样屡屡失望。好在虽未看到安育民，却有意外收获，那就是亲眼看见再次上门的债主搬空了安家。

那个真皮沙发被抬走的那天，陆、李二人想到了安育民被台风卷上树时的丑态，不禁笑出了声，但很快又懊恼要是当初把它据为己有，现在也不至于便宜了外人。

安允文从门外出现的那天，陆、李二人终于挪动了屁股，不再坐在凳子上，而是起身准备跟他打招呼，但看到他三魂七魄倒像丢了二魂五魄，身边也没再跟着他那个打扮得花枝招展的媳妇，便打消了此念。

走到家门口，瘦脱相的安允文看到墙壁上用红漆写的"还钱"两字，看了一眼呆坐在一旁的安育民，什么话都没说，准备上楼休息一会儿，但看到二楼的房间也搬空了，又立马回到楼下，手里拿着一张旧报纸，铺到地上，与安育民坐到一起。父子俩都双眼无神地盯着那棵枇杷树。

"允文，你放心，你大伯很快就回来了。"安育民说。

"爸，你面对现实吧，他不会回来了，大伯他破产啦。"安允文说。

身后突然传来一声闷响，安允文立即跑进奶奶的房间，不过安育民还是没有动。过了一会儿，安允文又慌忙跑出来，嘴里喊道："爸，奶奶不行了。"

安育民一听，高兴地叫道："这回你大伯总该能回来了吧。"

陆、李二人收回视线，彼此看了一眼，然后各自叹了一口气，继续坐回凳子上。李星辉说："还有奶水没？这小捣蛋鬼又饿了。"

"没了，孩他妈说该让他断奶了，再说她刚找到工作，也不好动不动就请假回来。厨房里还有粥，麻烦李老弟喂一喂。"陆旭阳说。

"她有说什么时候回来吗？"李星辉问。

"我看可能要明年才能回来了。"陆旭阳回。

李星辉一听，脸就拉下来了，一把将婴儿塞回到他手上。陆旭阳不明就里，刚接过孩子，就被尿了一身，见李星辉往外走，喊住他："我说李老弟是怎么回事？孩子尿了都不知道去换纸尿裤。"

"姓陆的，限你三天之内还钱，否则老子跟你没完。"李星辉说罢回了自己家，看到家里堆满了纸尿裤和各种小玩具，一气之下全部丢出门外，然后拿起砖刀、抹泥板等家伙什，锁好门，插上窗，重新去县里揽活了。

李星辉离开了这个是非之地，但留下来的人仍要面对各种问题。陆旭阳没了帮手，每天打电话催儿媳妇回来，可她还是有千百种借口不回来。面对整日哭闹的孙子，陆旭阳用遍了法子，都像八十岁老头儿挑担子，心有余而力不足，最后甚至动手揍起了孙子，却引发更大的灾难，不小心把孙子掼到了地上，见他终于不哭了，笑道："看你这回还敢闹不？老实了吧。"

安育民还是每天坐在门口等安邦国回来，亲戚只好自发筹钱，将臭在床上的曾七八姑抬到火葬场烧了，骨灰盒到现在都没下葬。而安允文动辄就往厦门跑，希望早日能与前妻破镜重圆。

又是一年台风到，安育民起身爬上楼顶，准备在台风天里抢收晾晒的谷子。只见他一手端着撮箕，一手抱着编织袋，用撮箕去铲空无一物的楼顶，然后将其倒入袋中。见风越刮越大，加快收谷子的动作，无奈还没收好一袋，手中的编织袋跟撮箕就被风吹到了楼下。

以雾白与红蓝为主的编织袋被风吹起的那刻，就像天边的彩虹被人拆了线，而那个被鼠咬了几个洞的撮箕盖到了枇杷树上，遮住了上面已然冒出的新芽，看上去就像一个孩子戴了帽子。安育民看了看干净的楼顶,以为谷子都收完了,便拍了拍手,准备下楼去关好门窗,然后找出大哥的电话号码,用那个早已欠费的手机给他打电话:"喂,大哥,今年台风又来了,这回你打算打多少钱回来?"

台风顷刻之间加大了。这回它将抹掉地上的屋顶、庄稼、牲畜等一切脆弱的生命,只有躲藏在丘陵褶皱里的蚂蚁、蕨类、苔藓等坚强的生物将幸免于难。